LEON TOLSTOI

editores mexicanos unidos, s.a.

© Editores Mexicanos Unidos, S.A.
Luis González Obregón 5-B Col. Centro
Delegación Cuauhtémoc
C.P. 06020. Tels: (5)521-88-70 al 74
Fax: (5)512-85-16
e-mail: editmusa@mail.internet.com.mx

Miembro de la Cámara Nacional
de la Industria Editorial, Reg. No. 115

Ilustración de portada: Eduard Munch. "Karl Jensen-Hjell, 1885".

La presentación y composición tipográficas
son propiedad de los editores

Prohibida la reproducción total o parcial
sin permiso de los editores

ISBN 968-15-0990-0

2a. Edición, octubre 2001

3a. Reimpresión junio 2003

Impreso en México
Printed in Mexico

La muerte de Ivan Illich

Leon Tolstoi

editores mexicanos unidos, s.a.

Prólogo

De León Nikolaievich Tolstoi parece que todo se ha dicho desde su siglo hasta nuestros días. Es uno de los escritores sobre el que más se ha escrito, ya que su vida fue tan apasionante e intensa como su vocación literaria. A lo largo de sesenta y dos años, desde 1852 —cuando aparecieron sus primeras obras— hasta 1910, año en que falleció, ambas vocaciones caminaron juntas para dejar un testimonio perenne tanto de una vida rica y pletórica en experiencias que por sí misma ejerció una notable fascinación sobre hombres de la talla de M. Gandhi, y de escritores como Romain Rolland, Edmund Wilson, y en el mismo siglo XIX del vizconde francés E.M. De Vogüé, quien lo dio a conocer en Francia en esa época por primera vez y posteriormente en el resto de Europa, como su gran deseo por trascender su experiencia inmediata a pesar de provenir de una familia de aristócratas, pues él mismo tenía el título de Conde, que más tarde, a medida que su vida se ensanchava para buscar otros derroteros existenciales, sencillamente hizo de lado.

Su enorme voluntad por ir más allá de limitaciones y convencionalismos lo motivó explorar otros caminos que por sí mismos fueron a lo largo de su vida profundamente demandantes. Fue, luchador social y pedagogo, reformador religioso; en este último aspecto poco conocido de él, tuvo el enorme impulso para fundar una nueva religión derivada del cristianismo ortodoxo, pero que buscó estimular en sus potenciales seguidores las posibilidades de adentrarse en vías más profundas y conmovedoras para vivir la experiencia religiosa, pues se percató de que los sacerdotes, monjes y demás componentes de la estructura religiosa, lejos de seguir fielmente las enseñanzas de Jesús dadas en los evangelios, se apartaban cada vez más y más del hombre sencillo del pueblo, del mujik, del artesano, quienes con la simplicidad de sus vidas y almas parecían a los ojos del Tolstoi ser los mejores exponentes y practicantes de una fe milenaria que levantó y apuntaló la civilización occidental. Tal fue el alcance en los esfuerzos casi sobrehumanos y la capacidad de este hombre que por encima de todo es recordado por sus grandes dotes como escritor.

Nacido en 1828 y muerto en 1910, León N. Tolstoi fue autor de obras maestras como *La Guerra y la Paz* —tal vez un de las ibras monumentales de la literatura occidental—, *Ana Karenina, Los Cosacos, Resurrección, Cuentos populares, Sonata a Kreutzer,* y *Sebastopol;* sus reminiscencias tituladas: *Infancia, adolescencia y juventud* fueron sus primeras obras aparecidas entre los años 1852 y 1856. Entre otras muchas, reflejaron profundamente sus aspiraciones creadoras desde dos vertientes fundamentales: él mismo como causa y motivo de evocación literaria.

En sus obras fue registrando sus recuerdos, experiencias, sus motivaciones, luchas, controversias y problemas íntimos, marcando con ello un nuevo camino definido académicamente como literatura de corte realista. Su obra emergió de una visión más apegada hacia el romanticismo, puesto que se tomó a sí mismo como punto de partida. Su Yo se tendió frente a los instrumentos formales del creador aportando la sustancia, el *sumum*, y la esencia de sus materiales.

Otro aspecto esencial de su quehacer literario fue que Tolstoi se preocupó también por conocer a fondo el discurso filosófico y estético sobre el que descansaba la tradición literaria occidental, lo que lo llevó a estudiar desde los antiguos griegos hasta los principales exponentes y ensayistas de su época, para con este impresionante acervo proponer a su vez —derivadas de su experiencia personal—, numerosas formas de pensar y de reflexionar sobre el acto de creación en sí. Buscó nuevas posibilidades expresivas, exploró muchas ideas y gran parte de sus obras fueron la resultante directa de sus ideas estéticas y de sus tesis literarias. No escribía por inercia o por caer en una especie de sobreinspiración romántica. No, sus creaciones fueron producto de largas y profundas meditaciones filosóficas, estéticas, literarias, e incluso sociales, las cuales le permitieron refinar de manera excepcional su instrumental como escritor, como pocos autores lo han hecho a lo largo de la historia de la literatura occidental. Antecedió en este rasgo esencial a grandes personajes del siglo XX como Marcel Proust, Stendhal, James Joyce o Franz Kafka.

La vida de Tolstoi fue rica en muchos sentidos. Sus búsquedas formales lo llevaron en algún momento de su larga trayectoria como escritor a considerar al lenguaje ruso popular hablado en villas, aldeas, caseríos y villorrios, en ese rico universo que fue la Rusia hasta antes de la revolución, como la mejor expresión estética posible, pues creía que la vida sencilla del campesino, del aldeano, del *mujik*, permanecía intocada e inalterada, por lo tanto, al escucharlos hablar en su cotidianeidad mientras realizaban este ejercicio de comunicación en la forma más pura posible, dejaban profundas resonancias lingüísticas en las que Tolstoi fue capaz de escuchar grandes ecos provenientes de un conglomerado humano que pese a sus aparentes limitaciones y pobrezas eran de mucho mejor calidad humana que la de quienes vivían de manera ruidosa y artificial, característica de las grandes aglomeraciones urbanas y humanas. Ello le permitió acercarse al corazón de su pueblo, al que nunca desconoció ni del que nunca renegó, sino que incluso hacia el final de sus días, lo motivó a esperar la muerte, tal vez de una de las maneras más extrañas en que se pueda aguardarla ésta, sentado tranquilamente en una estación de ferrocarril, con el olor de la multitud, de su multitud a la que siempre amó, y a la que en todo momento dedicó el mejor de sus esfuerzos. Tolstoi logró lo que muy pocos escritores a lo largo de su vida: que la gente sencilla buscara sus libros para leerlos.

Romain Rolland comenta lo siguiente: "Su amor al pueblo le había hecho gustar, desde hacía mucho tiempo, la belleza de la lengua popular. De niño, había sido mecido por los relatos de los cuentistas mendicantes. Hombre hecho y escritor célebre, experimentaba una alegría artística hablando de sus aldeanos.

Esos hombres —decía a M. Paul Boyer— son maestros. "Antes, cuando yo hablaba con ellos o con esos errantes que llevan bala alforja al hombro y transitaban por nuestros campos, yo anotaba cuidadosamente las expresiones que les oía por la primera vez, olvidadas con frecuencia por nuestra lengua literaria moderna, pero siempre presentes en el viejo rincón ruso... Si el genio de la lengua vive, está en esos hombres..."

En esta ocasión ofrecemos a nuestros lectores uno de sus mejores cuentos, producto de esa gran experiencia literaria: *La muerte de Iván Ilich*" fue escrito entre los años 1884 y 1886. Las opiniones y críticas fueron unánimes: está considerada como una de las obras más perfectas jamás escritas por su pluma. Esto llevó al excelente escritor francés Guy de Maupassant a firmar que se sentía inferior en calidad frente a la extraordinaria capacidad de Tolstoi después de haberlo leído. El libro conmovió profundamente al público francés en el año de su aparición. En este cuento, Tolstoi exhibió una capacidad concentrada para manejar verdaderos dramas interiore con un lenguaje agudo... y reflexivo que fluye pausadamente.

Fue exponiendo la vida de un oscuro y deslavado juez de instrucción, que formaba parte de esa maquinaria gris, monótona y obsesiva encarnada por la burocracia, la cual más tarde habría de provocar que Franz Kafka escribiera una obra abrumadora y plena de voces obsesivas y ecos que rebotan en espejos. Obras cuyos personajes se van perdiendo paulatinamente tragados por esta indeleble maquinaria.

Mediante este personaje, Tolstoi destacó la visión penetrante que en ese momento tenía del mundo; una visión profundamente crítica que mostraba la incapacidad de muchos seres de saberse vivos, anhelantes, o dotados de un impulso vital que a lo mejor les permitiría aspirar a una mejor vida.

Iván Ilich representó a una clase social que emergió desde el siglo XVIII con una gran fuerza social y dinámica, pero que una vez instalado sobre la poltrona de su propia mediocridad teñiría de colores oscuros y sombríos la vida de las sociedades europeas a partir de la segunda mitad del siglo XIX, la transformará en una especie de estalagmita, inmóvil y anquilosada, cuya vida se deslizaba como si fuese una curiosidad de farmacia o de almacén de mercancías, pues este pequeño burgués Illich, es uno más en medio de las grandes masas gobernadas por las oscilaciones de la rutina y el aburrimiento.

Su vida es una mentira por cualquier lado que se le vea: de su esposa, de su médico personal, de su vida misma, de sus compañeros de profesión en el ministerio de Justicia y en medio de este vacío sobrecogedor sólo una persona es capaz de darle al enfermo y más tarde agonizante Illich, consuelo y compasión: esta persona es su criado que al margen de este gran circo existencial atestigua los últimos momentos, las últimas horas de este hombre o más bien semihombre.

Rafael David Juárez Oñate.

La muerte de Iván Ílich[1]

I

Durante la suspensión de las audiencias del asunto de los Melvinsky, en el gran edificio del Palacio de Justicia, los jueces y el procurador se reunieron en el gabinete de Iván Yegórovich Shebek, y la conversación recayó sobre el célebre asunto Krasovsky. Fedor Vasílievich se acaloraba demostrando la incompetencia de un tribunal, que Iván Yegórovich negaba; Piotr Ivánovich, no habiendo tomado parte en la discusión, repasaba los periódicos que acababan de llevar.

—Señores —dijo súbitamente—, ha muerto Iván Ílich.

—¿Es posible?

—Lea usted la noticia —agregó tendiendo a Fedor Vasílievich el número recién impreso, que olía a tinta fresca.

Se leía, rodeado de una orla negra, lo siguiente:

"Prascovia Feodorovna Golovin tiene el sentimiento de participar a sus parientes y amigos el fallecimiento de su muy querido esposo Iván Ílich Golovin, procurador del Palacio de Justicia, ocurrido el 4 de febrero de 1882.

---

[1] Escrito entre 1884 y 1886.

"La conducción del cadáver tendrá lugar el viernes a la una de la tarde."

Iván Ílich era colega de aquellos señores, y todos lo apreciaban mucho. Llevaba enfermo algunas semanas; se decía que su era incurable.

La muerte de aquel hombre dejaba una plaza vacante, y esto hizo que todos pensaran en posibles combinaciones: Alexiev podía ser nombrado en su reemplazo; el puesto de Alexiev sería ocupado entonces o por Vinikov o por Shtabel.

De consiguiente, el pensamiento de todos, al recibir la noticia de la muerte de Iván Ílich, se fijaba especialmente en la importancia que podría tener aquella muerte para el ascenso de los interlocutores o de sus conocidos.

"Con seguridad que ahora ocuparé el puesto de Shtabel o el de Vinikov —pensaba Fedor Vasílievich—. Se me había prometido hace mucho tiempo; y tal ascenso representa para mí 800 rublos más, sin contar la cancillería."

"Menester será solicitar el traslado de mi cuñado de Kaluga —díjose Piotr Ivánovich—, y mi mujer quedará satisfecha. No podrá decir que no hago nada por sus parientes."

"Con razón pensaba yo que no se levantaría —dijo en voz alta Piotr Ivánovich—. Es una lástima."

—¿Qué ha tenido en suma?

—Los médicos no podían precisar nada; es decir, sí, diagnosticaban, pero no estaban de acuerdo. Cuando le vi la última vez me pareció que saldría bien.

—¡Y yo que desde las fiestas no he ido por allí! Pensaba pasar un día u otro.

—¿Acaso tenía fortuna?

—Parece que la mujer posee algo. Mas... cosa insignificante.

—Será preciso ir. ¡Viven tan lejos!

—Es decir, lejos de vuestra casa. Y de vuestra casa todo está lejos.

—¡Vaya! No puede perdonarme que habite al otro lado del río —dijo Piotr Ivánovich, sonriendo, a Shebek.

Hablaron de las grandes distancias entre las ciudades; luego volvieron a la audiencia.

Sin contar las reflexiones sobre nombramientos y cambios en el servicio, que debía causar el fallecimiento de aquel hombre, el fenómeno de la muerte de un ser conocido provocó, según ocurre siempre, en cuantos recibieron la noticia en el Palacio, un sentimiento de alegría, la alegría que les causaba saber que "el muerto era él", no ellos.

—Bueno, hele muerto mientras que yo vivo aún —pensábase, o se sentía.

—Los íntimos, los titulados amigos de Iván Ílich pensaban, además, que se verían obligados a cumplir fastidiosísimos deberes de conveniencia: asistir a la misa de *requiem*, hacer una visita de pésame a la viuda, etc., etc.

Entre los más **íntimos** figuraban Fedor Vasílievich y Piotr Ivánovich. Éste fue su **compañero** en la Escuela de Jurisprudencia y creíase más obligado. En consecuencia, después de comunicar a su mujer la noticia de la muerte de Iván Ílich, con la de las posibilidades de nombramiento del hermano para su distrito, sin descansar vistióse de modo apropiado y se encaminó hacia la casa de los Golovin.

Frente a la puerta principal de la casa de Iván Ílich había un carruaje particular y dos coches de alquiler. Abajo, en la antesala, cerca de la percha, recostada en la pared estaba la tapa del féretro, cubierta de lustrosa tela de seda y guarnecida con lujosos flecos.

Dos damas enlutadas quitábanse sus abrigos de pieles. Una de ellas era la hermana del difunto; Piotr Ivánovich no conocía a la otra. Schwarz, el amigo de Iván Ílich, bajaba la escalera. Reparando al descender del primer peldaño, en el siguiente se detuvo y le hizo un guiño de ojos como si hubiera querido decirle: "Neciamente obró Iván Ílich. ¡No así nosotros!"

El rostro de Schwarz, con sus patillas inglesas y toda su flaca persona vestida de levita, expresaba, como siempre, graciosa solemnidad, y aquella solemnidad eternamente en contradicción con el carácter jovial de su poseedor, que entonces tenía un particular significado, para Piotr Ivánovich no era incomprensible.

Dejó paso a las señoras y subió lentamente tras ellas. Schwarz no bajaba, habíase detenido. Piotr Ivánovich sabía por qué: sin duda quería hablarle para preparar una partida de *whist*.

Las señoras habían tomado la escalera que conducía a las habitaciónes oes de la viuda; Schwarz, con sus gruesos labios seriamente contraídos y una mirada jovial, moviendo las cejas indicó a Piotr Ivánovich la habitación mortuoria, situada a la derecha.

Piotr Ivánovich entró, como ocurre siempre, con la incertidumbre de lo que se debe hacer. Sólo sabía una cosa: que persignarse no está de más en semejantes circunstancias. Pero no estaba seguro de si las señales de la cruz debían o no ir acompañadas de saludos, y eligió el término medio: al entrar en la habitación comenzó a hacer cruces rápidas, inclinándose como si saludara. Al propio tiempo, en cuanto los movimientos de manos y de cabeza se lo permitían, examinaba el aposento.

Dos jóvenes salían haciendo cruces: uno era colega, sobrino posiblemente del difunto. Una señora, pequeña y vieja, permanecía inmóvil allí, y otra, de cejas extrañamente levantadas, le hablaba en voz baja. El sacristán, vivo, animado, en *redingote,* leía con mucha expresión y tono que excluía contradicciones; Guerassim, el *mujik,* espolvoreó algo en el suelo. Notando aquello, Piotr Ivánovich percibió al mismo tiempo cierto olor de cadáver en descomposición. En su última visita a Iván Ílich había ya visto a aquel *mujik* que hacía de enfermero y era muy apreciado por el muerto.

Piotr Ivánovich continuaba haciendo cruces y saludando ligeramente en la dirección intermedia ante el féretro, el sacristán y las imágenes depositadas en el ángulo de una mesa. Cuando aquellos movimientos le parecieron demasiado prolongados, se detuvo y se puso a examinar al difunto.

Éste se hallaba, como lo están siempre los muertos, tendido pesadamente, desapareciendo sus miembros rígidos en el interior del féretro, con la cabeza para siempre doblada sobre el cojín, a causa de cuya altura sobresalía, como sobresale en todos los muertos, la frente amarilla cual la cera, cubierta de lucientes cabellos estirados hacia las sienes, la nariz saliente y como deprimiendo el labio superior.

Estaba cambiadísimo, mucho más flaco que cuando Piotr Ivánovich le hiciera la última visita; pero su rostro, como los de todos los muertos, era más hermoso y sobre todo más imponente que en vida de su dueño. Aquel rostro expresaba que había sido preciso hacer una cosa, que esta cosa estaba hecha, y hecha de una manera conveniente. Además tenía una como expresión de reproche y de amargo recuerdo de los vivos. Aquel recuerdo pareció fuera de lugar a Piotr Ivánovich que nada tenía que ventilar con él. Se sintió incómodo, hizo rápidamente la señal de la cruz y salió con precipitación, demasiado precipitadamente quizá para las reglas de conveniencia.

Con las piernas abiertas, las manos cruzadas a la espalda, jugando con el sombrero de copa alta, Schwarz esperaba en la antesala. Con sólo fijar la vista en aquel ser jovial, elegante y alegre, Piotr Ivánovich notóse como refrescado. Se veía que él, Schwarz, se sentía muy por encima de todo aquello, que no se dejaba dominar por desagradables impresiones. Su solo aspecto decía:

—El incidente de la misa de *requiem* por Iván Ílich no puede ser, de modo ninguno, suficiente razón para interrumpir el orden de la sesión, es decir, que nada nos impedirá hacer crujir la nueva baraja, desenvolviéndola mientras el criado enciende las bujías que aún no hayan servido; no hay razón, en suma, para suponer que este incidente sea obstáculo bastante para impedirnos pasar esta velada de tan agradable manera como las demás.

Y esto, en semejantes, si no en iguales palabras, le dijo a Piotr Ivánovich, proponiéndole ir a casa de Fedor Vasílievich a echar una partida.

Prascovia Feodorovna, una mujer no muy alta, gruesa a pesar de los esfuerzos que hiciera para remediarlo, siempre estirándose, vestida del más riguroso luto, las cejas tan extrañamente alzadas como las de la señora que estaba ante el ataúd, salió de sus aposentos, con otras señoras, y las acompañaba hasta la puerta de la cámara mortuoria, diciéndoles:

—En seguida se verificará la misa de *requiem:* pasen ustedes.

Saludando con una inclinación, Schwarz se detuvo sin aceptar evidentemente, pero tampoco rechazando aquella invitación.

Reconociendo a Piotr Ivánovich, Prascovia Feodorovna suspiró, avanzó hasta hallarse muy cerca de él, tomó una de sus manos y le dijo:

—Sé bien que usted era un amigo sincero de Iván Ílich...

Y sobre él dejó caer una ojeada, con la que trataba de expresar que esperaba de él acciones que correspondieran a aquellas palabras.

Piotr Ivánovich sabía que si antes era preciso hacer cruces, ahora se imponía un apretón de manos, exhalar un suspiro y decir:

—¡Crea usted...!

Y fue lo que hizo. Y habiéndolo hecho, sintió que el resultado deseado estaba obtenido, que él se hallaba conmovido y ella también.

—Necesito hablar con usted; vamos, en tanto que esto comienza allá abajo —dijo la viuda—. Deme usted su brazo.

Piotr Ivánovich accedió, y en compañía de la señora pasó por delante de Schwarz, quien frunció tristemente las cejas.

—¡He ahí el *whist!*... ¡Bien! No nos reprochemos nada. Se tomará otro compañero en su lugar y cuando usted quede libre, quizá podamos hacer la partida a cinco, expresaba su mirada jovial.

Piotr Ivánovich suspiró aún más profunda y tristemente; Prascovia Feodorovna, agradecida, estrechó su mano. Al entrar en el salón, tapizado de tela rosa y alumbrado por una lámpara sombría, sentáronse ante la mesa; ella sobre un diván, él en una butaca muy baja, cuyos resortes descompuestos crujían bajo el peso de su cuerpo. Prascovia Feodorovna hubiera querido ofrecerle otro asiento, pero encontraba semejantes previsiones impropias del momento.

Al sentarse, Piotr Ivánovich recordó cómo Iván Ílich había arreglado aquel salón, y los consejos que le pidiera respecto a aquella misma tela rosa con hojas verdes.

Al pasar por delante de la mesa, entre tantos muebles y cosas que llenaban la sala, para tomar asiento en el diván, la falda de Prascovia Feodorovna quedó prendida en una de las incrustaciones de la mesa. Piotr Ivánovich se levantó para desatarla, y entonces el asiento de la butaca, libre de su peso comenzó a crecer, empujándolo hacia arriba. La viuda desataba con sus propias manos la falda, y Piotr Ivánovich tornó a sentarse sobre la butaca rebelde; pero Prascovia Feodorovna no conseguía ver libre su falda y Piotr Ivánovich volvió a levantarse; la butaca se agitó más, dio un crujido. Cuando todo estuvo arreglado, la viuda sacó un pañuelo de batista y se echó a llorar. Piotr Ivánovich que se había calmado con el episodio de la falda y la butaca, permanecía sentado y con las cejas fruncidas.

Situación tan fastidiosa fue interrumpida por Sokolof, empleado de la oficina de Iván Ílich, quien iba a notificar que el terreno del cementerio que Prascovia Feodorovna designaba costaría 200 rublos. Ella cesó de llorar y mirando a Piotr Ivánovich con aire de mártir, dijo, en francés, que sufría mucho. Él hizo una muda señal, que expresaba la absoluta certeza de que no podía ser de otro modo.

—Fume usted, se lo ruego —dijo con generoso y abatido tono. Y púsose a discutir con Sokolof respecto al precio del terreno.

Encendiendo un cigarrillo, Piotr Ivánovich oyó cómo se informaba, en sus menores detalles, de los diferentes precios de los terrenos, precisando al final el que se debía tomar. Además, concluida la primera cuestión, dio órdenes para la formación del coro. Sokolof se marchó.

—Todo lo hago por mí misma —dijo a Piotr Ivénovich, retirando los álbumes depositados sobre la mesa. Y notando que las cenizas del cigarrillo amenazaban caer, precipitadamente alargó el cenicero al amigo de su difunto esposo.

—Creo que es afectación el afirmar que la pena impide ocuparse en cosas prácticas. Lo contrario me ocurre a mí; si algo hay que pueda consolarme, distraerme, al cuidado de ocuparme en él, debo achacarlo.

Sacó otra vez su pañuelo, cual si tuviera intención de llorar, y súbitamente, como haciendo un esfuerzo sobre sí misma, se enderezó y comenzó a hablar con calma:

—Necesito decir algo a usted.

Piotr Ivánovich se inclinó, siempre apoyándose en los resortes de la butaca que, aprovechando su movimiento, empezó otra vez a moverse.

—Sufrió terriblemente en sus últimos días.

—¿Ha sufrido mucho? —preguntó Piotr Ivánovich.

—¡Horriblemente! En sus últimas horas no cesó de gritar. Los tres postreros días hacíalo sin respirar. Aquéllo era intolerable. No sé cómo pude soportarlo. Se le oía a través de tres puertas. ¡Oh, lo que he sufrido!

—¿Y conservaba todo su juicio? —preguntó Piotr Ivánovich.

—Sí —dijo ella en voz baja—. ¡Hasta el último instante! Se despidió de nosotros un cuarto de hora antes de exhalar su último suspiro, y suplicó se llevaran a Volodia fuera de casa.

La idea de los sufrimientos soportados por un ser no extraño, por un hombre a quien primero le conociera chiquillo alegre, más tarde colega adulto, no obstante el sentimiento de su propia afectación y de la afectación de aquella mujer, aterró súbitamente a Piotr Ivánovich. Tornó a ver la frente, la nariz deprimiendo el labio, y temió por sí mismo.

"¡Tres días de horribles sufrimientos, y morir al final! ¡Cosa que puede ocurrirme de un instante a otro!", pensaba. Pero sólo un momento le duró el miedo, pues inmediatamente, sin que supiera cómo, el pensamiento habitual acudió en su auxilio. Díjose que aquello habíale ocurrido a Iván Ílich, no a él; que semejante cosa no había de sucederle; que, pensando en ello, se procura uno tristes impresiones, lo cual no debe hacerse, como, por otra parte, era visible contemplando el rostro de Schwarz. Y habiendo reflexionado de esta manera, Piotr Ivánovich se tranquilizó y continuó pidiendo, con muchísimo interés, todos los detalles concernientes a los últimos instantes de Iván Ílich, como si la muerte fuese una aventura propia de Iván Ílich, sólo de Iván Ílich

Después de examinar en distintos aspectos los sufrimientos físicos y verdaderamente horribles (Piotr Ivánovich supo aquellos detalles porque los sufrimientos de Iván Ílich obraban realmente en los nervios de Prascovia Feodorovna), la viuda creyó útil pasar al principal asunto.

—¡Ah, Piotr Ivánovich! ¡Cuán penoso es esto! ¡Y cuánto, cuánto sufro!

Y otra vez lloró. Piotr Ivánovich suspiró, esperando a que concluyera de sonarse las narices. Y cuando la viuda lo hubo hecho:

—Crea usted... —repitió.

Ella tornó a hablar y le explicó su asunto, objeto de todo aquello. Consistía en saber cómo podría arreglárselas para obtener la mayor cantidad de dinero de la Tesorería del Gobierno con motivo de la muerte de su esposo. Aparentaba pedir consejos relativos a la pensión, pero Piotr Ivánovich veía perfectamente que estaba enterada de todo, hasta en los menores detalles, que mejor que él sabía cómo debía componérselas para obtener el máximum del Estado, y que lo que deseaba saber era si podría obtener más aún. Piotr Ivánovich trató de hallar un medio para conseguirlo, pero reflexionando y criticando por conveniencia la avaricia del gobierno, concluyó por decir que le parecía imposible obtener más. Ella suspiró entonces, visiblemente deseosa de desembarazarse de su huésped; él lo comprendió, apagó su cigarrillo, se levantó, estrechó la mano de la viuda, y se dirigió hacia la antesala.

En el comedor, Piotr Ivánovich vio el reloj que Iván Ílich comprara en una almoneda, y del que se hallaba tan satisfecho. Se encontró también con el sacerdote y con algunos conocidos, llegados para asistir a la misa de *requiem*, y además pudo ver a la hija del difunto, joven y lindísima señorita. Vestía luto riguroso; su talle, muy esbelto, parecíalo más aún con el traje negro. Tenía el aspecto sombrío, decidido y casi irascible. Saludó a Piotr Ivánovich como si éste fuera culpable de algo. Tras de ella estaba un joven muy rico a quien nuestro amigo conocía, un juez de instrucción, el prometido de la joven.

Piotr Ivánovich le hizo un saludo melancólico, tratando de encaminarse hacia la habitación mortuoria, cuando sus ojos repararon en el hijo de Iván Ílich, pequeño colegial que se parecía de sorprendente modo a su padre. Era un pequeño Iván Ílich como el que conociera en la Escuela de Jurisprudencia. El niño tenía los ojos irritados por el llanto. Fijándose en el amigo de su padre hizo una mueca severa y tímida, dirigiéndole un rápido saludo, Piotr Ivánovich entró en la alcoba del muerto.

Comenzó la misa de *requiem* con sus quejas, sus bujías, su incienso, sus lágrimas y sus sollozos.

Con las cejas extrañamente fruncidas, Piotr Ivánovich mirábase los pies; ni una sola vez fijóse en el muerto, y hasta el final de la ceremonia no se dejó impresionar por influencias depresivas, saliendo de los primeros cuando el acto hubo acabado.

Nadie había entonces en la antesala. Guerassim, el *mujik*, salió precipitadamente de la alcoba, revolvió con sus manos potentes todas las pellizas, para encontrar la del que se marchaba, y se la dio.

—¿Qué te parece, amigo Guerassim? —díjole Piotr Ivánovich, por hablar algo—. ¡Es lástima!

—¡Fue voluntad de Dios! ¡Todos le imitaremos! —replicó Guerassim, mostrando sus apretados y blancos dientes de aldeano.

Y, como hombre muy ocupado, abrió prontamente la puerta, llamó al cochero, ayudó a Piotr Ivánovich a subir a su carruaje, y en seguida saltó a la escalera, como tratando de recordar lo que aún debía hacer.

Piotr Ivánovich experimentaba una sensación particularmente agradable respirando el aire puro en vez del infestado por el incienso, el olor del cadáver y el del ácido fénico.

—¿A dónde quiere el señor que se le conduzca? —preguntó el cochero.

—No es tarde... Pasaré a casa de Fedor Vasílievich.

El coche se puso en marcha.

Los amigos estaban en el final de la primera partida. Inútil decir, por tanto, que Piotr Ivánovich pudo tomar parte en el juego.

II

La historia de la vida de Iván Ílich era de las más sencillas de las más ordinarias y de las más terribles.

Murió a los 45 años. Miembro del Palacio de Justicia, era hijo de un funcionario, quien había hecho, en diferentes departamentos ministeriales, en San Petersburgo, una de aquellas carreras que demuestran claramente que, aunque incapaces de desempeñar importantes funciones, gracias a la larga duración de sus servicios y a sus grados, ciertos seres no pueden ser despedidos, y reciben, por ocupar puestos expresamente creados para ellos, plazas ficticias con sueldos de 6 a 10,000 rublos, nada ficticios, con los que viven hasta la más avanzada vejez.

Tal era el Consejero Secreto, el miembro inútil de varias instituciones inútiles, Ilia Efímovich Golovin.

Tuvo tres hijos, el segundo, Iván Ílich. El mayor siguió la carrera de su padre, pero en distritos diferentes; y se aproximaba la época en que comenzaría a cobrar por desempeñar ficticios servicios. El tercero era un fracasado. En cuantos puestos ocupara no había conseguido otra cosa que hacerse mirar mal, y entonces estaba empleado en los caminos de hierro. Su padre y sus hermanos, y sobre todo las mujeres de estos últimos, no sólo evitaban encontrarle, sino que sólo se acordaban de él en los casos de necesidad.

La hermana estaba casada con el barón Gref, funcionario de San Petersburgo, semejante a su padre político.

Iván Ílich era el fénix de la familia, como lo solían llamar. Ni tan frío ni tan correcto como su hermano mayor, ni tan aturdido como el tercero. Ocupaba el justo medio entre ambos: inteligente, vivaracho, agradable y formal. Estudió, con el más joven, en la Escuela de Jurisprudencia. Su hermano fue echado de ella a la cuarta clase; él, por el contrario, concluyó bien sus estudios. En la escuela era ya lo que debía ser toda su vida: un hombre hábil, alegre, comunicativo, y que desempeñaba severamente lo que consideraba su deber, y por deber admitía cuanto era admitido como tal por las personas que ocupan puestos superiores, personas que le atraían como la luz a las moscas, y de quienes adquirió sus maneras, su modo de mirar las cosas. Todas las pasiones de la infancia y de la juventud pasaron sin dejarle profundas huellas. Dejábase llevar de la sensibilidad y de la vanidad, y en rangos más altos, del liberalismo, pero guardando ciertos límites.

En la Escuela de Derecho había cometido acciones que, en ocasiones, le parecieron villanías, y hasta le inspiraron cierto horror a sí mismo; pero ulteriormente, viendo que actos por el estilo eran cometidos por hombres de alta posición y que no pasaban por malos, las olvidó por completo, sin hacer caso de sus recuerdos.

Recibiendo, al salir de la Escuela, el dinero necesario para equiparse, que su padre le entregara, Iván Ílich hízose vestir en casa de Sharmer, puso en la cadena de su reloj, a modo de dije, un medallón en el que se leía *respice finem;* se despidió de sus maestros, dio una comida de *adiós* a sus colegas, y provisto de maletas, ropa blanca, exterior y objetos de *toilette,* todo nuevo y a la moda, comprado en las mejores tiendas, partió para provincias, donde debía desempeñar las funciones de encargado de los asuntos particulares del gobernador, empleo para él obtenido por su padre.

Una vez en su puesto, pronto logró crearse una situación fácil y agradable, idéntica a la que tenía en la Escuela de Derecho. Servía, hacía su carrera, y al mismo tiempo se divertía de modo conveniente. De vez en cuando partía para los distritos, en calidad de enviado por el gobernador. Manteníase dignamente ante sus superiores o subordinados, desempeñando con exactitud y honradez incorruptibles las funciones de que estaba encargado, honradez de la que no podía dejar de enorgullecerse. A pesar de su juventud y de su tendencia a las ligeras distracciones, era muy reservado en lo oficial y hasta severo en los asuntos privados del servicio; pero en las relaciones comunes era siempre alegre e ingenioso, siempre servicial, correcto y buen muchacho, como decían de él su jefe y la mujer de éste, en cuya casa vivía.

Sostenía íntimas relaciones con una señora, la cual habíase aficionado a aquel leguleyo. Trataba también a una modista; se divertía con los ayudantes militares de paso y paseaba por una retirada calle después de cenar. Adulaba a su jefe y sobre todo a su mujer. Pero había en ello un aire de tan gran corrección, que imposible habría sido calificarle con malas palabras; en todo esto no hacía sino seguir el aforismo francés: "Necesidades es que se **pase bien la juventud (Il faut que jeunesse)".** Y hacía todo con manos limpias, camisa limpia y en buen francés, principalmente en la alta sociedad y, de consiguiente, con aprobación de los personajes más elevados.

Así pasaron los cinco primeros años del servicio de Iván Ílich. Súbitamente hubo un cambio. Nuevas instituciones judiciales aparecieron y hubo necesidad de nuevos funcionarios, e Iván Ílich se convirtió en un hombre nuevo.

Se le ofreció la plaza de juez de instrucción, y la aceptó, no obstante serle preciso ir a otro distrito, abandonar relaciones ya establecidas y crearse otras nuevas. Sus amigos le acompañaron a la estación, hízose sacar un grupo fotográfico de todos, se le regaló una cigarrera de plata, y partió para su nuevo cargo.

En su calidad de juez de instrucción, Iván Ílich fue igualmente *comme il faut;* supo distinguir, como antes, los deberes del servicio de los de la vida privada. El nuevo puesto, en sí mismo, ofrecía más interés y atractivos que el de encargado de negocios, antes desempeñado. Ya en su antiguo empleo érale agradable pasar uniformado de frac de la casa Sharmer, ante los temblorosos solicitantes que esperaban ser recibidos por su jefe, y los individuos del servicio que le envidiaban; pero había pocas personas bajo la dependencia directa de su voluntad: el comisario de policía rural y los *raskolniks* cuando se le enviaba con alguna misión. Le gustaba tratarles con cortesía, reñirles amistosamente, dejándoles sentir que le convenía podía aplastarlos. Pero los casos de envío no se repetían con frecuencia. Ahora, siendo juez de instrucción Iván Ílich sentía que todos, absolutamente todos —los más importantes, los más satisfechos de sí mismos— estaban entre sus manos, y que le bastaba escribir ciertas palabras, en un papel timbrado, para que aquellos hombres graves, aquellos hombres satisfechos, presentáranse ante él en calidad de acusados o de testigos, y que si no les ofrecía un asiento permanecerían de pie ante él, contestando a todas sus preguntas.

Iván Ílich no abusaba de su poder. Por el contrario, trataba de dulcificarlo. Mas la conciencia de su poder ofrecía todo el interés, todo el atractivo de la novedad. En aquellos funciones, en las pesquisas precisamente, pronto logró cumplir todas las formalidades, separar de ellas cuanto no entraba en el asunto, de modo que en el papel sólo se reflejaba la parte legal, quedando cuidadosamente ocultas sus opiniones personales. Era una cosa nueva. Iván Ílich fue uno de los que primero aplicaron el estatuto de 1864.*

En su nueva residencia, el juez de instrucción creóse nuevas amistades, tomando un tono distinto al que empleara cuando fue encargado de negocios particulares. Observaba una distancia respetuosa entre él y las autoridades del distrito, escogiendo sus relaciones en la mejor sociedad de los ricos y magistrados de la ciudad. Adoptó un tono de ligero descontento respecto al Gobierno del centro, de moderado liberalismo y de civismo burgués. Con esto, sin cambiar nada en su tocado ni en su modo de vestir, no se volvió a afeitar, dejándose crecer la barba.

La vida de Iván Ílich se hizo agradabilísima; la sociedad criticona, opuesta al gobernador, era íntima y buena; su sueldo era ya más considerable, y lo que sobre todo aumentaba su alegría eran las partidas de *whist* que regularmente jugaba. Tenía el don de jugar alegremente, de reflexionar con rapidez y mucha finura, de modo que casi siempre ganaba.

A los dos años de servicio en la nueva residencia, Iván Ílich conoció a su futura esposa. Prascovia Feodorovna Mijil era la más seductora, la más inteligente y la más brillante joven de la socie-

---
*La reforma de los tribunales, con aplicación del jurado.

dad frecuentada por el juez de instrucción. Entre otras distracciones y diversiones, Iván Ílich habíase creado relaciones amistosas con Prascovia Feodorovna.

Como Oficial de Comisiones Especiales, había bailado mucho, pero como juez de instrucción sólo bailaba excepcionalmente. Sin embargo, gustábale mostrar que, aunque magistrado de quinta clase, cuando era necesario bailar podía sobresalir como en otra cosa, y de cuando en cuando,. al final de las veladas, bailaba con Prascovia Feodorovna, cuyo corazón cautivó precisamente en ese tiempo. Ella se enamoró de él. Iván Ílich no tuvo la intención clara y determinada de casarse; mas cuando comprendió que ella estaba enamorada:

—En suma, ¿por qué no me he de casar? —se dijo.

Prascovia Feodorovna pertenecía a una buena y noble familia, y disponía de una pequeña dote. Iván Ílich podía aspirar a un partido más brillante, pero aquél no era malo del todo. Él tenía su sueldo, y pensaba que la novia le llevaría el equivalente. Además, estaba bien emparentada, era graciosa, linda, una mujer, en fin, completamente *comme il faut*. Tan injusto sería decir que Iván Ílich quería casarse porque estaba enamorado de su prometida y veía en a ella una compañera de su carácter y opiniones, como afirmar que se casaba porque las personas de su clase aprobaban aquella elección. Iván Ílich se casaba por dos consideraciones: porque era cosa agradable adquirir semejante esposa, y, en segundo lugar, debido a que las personas de alta posición lo encontraban razonable.

Y se casó. El proceso mismo del matrimonio y de la primera época de vida conyugal —con las caricias matrimoniales, los nuevos muebles, la vajilla nueva, la nueva ropa blanca—, hasta la preñez de su esposa, pasáronse muy bien. De manera que Iván

Ílich comenzaba a creer que su vida agradable, fácil, alegre, siempre decente y aprobada por la sociedad, no sólo no sería turbada por el matrimonio, sino embellecida más bien, gracias a él. Pero, precisamente en aquel tiempo, en los primeros meses del embarazo de su mujer, ocurrió algo nuevo, imprevisto, desagradable, penoso, inconveniente, y de lo que no había manera de librarse.

Su mujer —sin razón, pensaba Iván Ílich— empezó a turbar el encanto y la decencia de su vida; hízose celosa, exigió de él los más solícitos cuidados, halló qué replicar a todo, le hacía desagradables, groseras escenas.

Al principio, Iván Ílich esperó salir pronto de situación tan lamentable, por medio de aquel modo fácil y decente de considerar la vida que antes le salvara. Aparentaba ignorar el mal humor de su esposa, continuaba llevando la misma existencia agradable y regular; invitaba a que fueran a su casa sus amigos; jugaban allí a las cartas; procuraba ir al círculo o a casa de sus conocidos. Pero la esposa le reñía con palabras groseras y de modo tan enérgico y obstinado, recomenzando cuando las cosas, no iban con arreglo a sus deseos, y tan visiblemente decidida a vencerle, a obligarle a permanecer en casa y a fastidiarse como ella, que Iván Ílich llegó a sentir espanto. Comprendió que la vida conyugal, con su mujer al menos, no correspondía a los encantos y excelencias deseados; que, por el contrario, lo turbaba, y que era urgente prepararse contra aquellas irregularidades. Y trató de encontrar los medios para conseguirlo.

El servicio era la única cosa que imponía a Prascovia Feodorovna, y este servicio y las exigencias que de él resultaban escogió como medio de lucha para reconquistar su independencia.

El nacimiento de un niño, los ensayos de la lactancia y sus fracasos, las enfermedades, reales e imaginarias, de la madre y de la criatura, por las cuales se exigía la presencia y las atenciones del marido, aun cuando él nada pudiera hacer ni comprender, hizo más imperiosa en él la necesidad de crearse un mundo fuera de la familia. Conforme aumentaban la irritabilidad y las exigencias de su mujer, él se iba entregando más cada vez al servicio, que le gustaba más de día en día, y se tornaba doblemente ambicioso.

Muy pronto, apenas un año después del matrimonio, Iván Ílich comprendió que la vida conyugal, si bien ofrecía algunas comodidades, era, en suma, un asunto bastante complicado y difícil, y para cumplir su deber, es decir, para llevar una vida digna y aprobada por la sociedad, se hacían necesarias ciertas relaciones determinadas, como en el servicio. Y fueron las que estableció Iván Ílich. No exigió de la vida de familia sino las comodidades de una comida en su casa, de una buena cama, de cierto orden y, principalmente, las conveniencias exteriores, exigidas por la opinión pública. En todo lo demás sólo buscaba una alegría exterior, y cuando la encontraba, sentíase agradecidísimo. Mas cuando tropezaba con la resistencia y con el mal humor marchábase a su servicio, al medio que se había creado, y en el cual se hallaba a sus anchas.

Iván Ílich era muy apreciado como buen funcionario, y al cabo de tres años fue nombrado ayudante del procurador. Las nuevas obligaciones, su importancia, la posibilidad de hacer juzgar y apresar a quien quisiera, los discursos públicos y los triunfos que obtenía le aficionaron más aún al servicio.

Conforme iban naciendo niños, lo detestable del carácter de su mujer aumentaba: se hacía más intolerante y más áspera; pero las reglas que se había impuesto para la vida doméstica le tornaban casi insensible a su mal humor.

Al cabo de siete años de servicios en X..., Iván Ílich fue nombrado procurador en otro distrito, la familia hubo de trasladarse, teniendo poco dinero. A Prascovia Feodorovna no le agradaba la nueva población. El sueldo era mayor, pero la vida más cara; añádase a esto que dos niños fallecieron, y la vida de familia desagradaba más cada vez a Iván Ílich. Prascovia Feodorovna reprochaba a su marido todos los infortunios ocurridos en la nueva residencia. Las conversaciones entre los esposos eran generalmente sobre recuerdos de disputas anteriores, y las disputas estallaban a cada instante. Los periodos puramente amorosos eran lo único que ocasionaban cierta armonía entre el marido y la mujer; pero aquellos periodos no eran duraderos, sino como pequeñas islas que abordaban por algún tiempo, y pronto abandonaban para de nuevo lanzarse al mar de los rencores, a la aversión recíproca y al aislamiento.

Este aislamiento habría podido contrariar a Iván Ílich, si él hubiera pensado que aquello podía marchar de otro modo, pero consideraba la situación no sólo como normal, sino hasta como objeto de su actividad familiar, objeto que era llegar a alejar de sí y gradualmente las contrariedades y darles un carácter inofensivo y conveniente. Y realizaba esto permaneciendo menos cada vez en casa, y, cuando veíase obligado a no salir, aseguraba su tranquilidad por medio de la presencia de extraños.

Pero lo que sobre todo le ayudaba eran sus funciones. La conciencia de su poder, la posibilidad de hacer perecer al hombre que se le antojara, su gravedad exterior cuando entraba en el Palacio y cuando se encontraba con sus subordinados, los triunfos que obtenía ante sus superiores y, principalmente, el arte para saber bien conducir los asuntos judiciales, que se reconocía él a sí mismo, todo le contentaba y, unido a sus comidas con los amigos y al juego del *whist*, llenaba su existencia. De suerte que, en general, la vida de Iván Ílich continuaba tal como él creyera debía ser: agradable y conveniente.

Siete años vivió de igual manera. Su hija mayor tenía ya dieciséis. Murió otro hijo: sólo quedó uno, un colegial, motivo de discordia. Iván Ílich quería que terminara su educación, siguiendo la carrera de Jurisprudencia, pero Prascovia Feodorovna, por espíritu de contradicción, habíale introducido en el colegio. La joven era educada en casa de sus padres, y a maravilla crecía en estatura y conocimientos. El colegial tampoco era torpe.

De esta manera transcurrieron los diecisiete primeros años que siguieron al del matrimonio de Iván Ílich. Era ya viejo procurador, que había rehusado algunas colocaciones con la esperanza de obtener otra mejor aún; pero repentinamente ocurrieron acontecimientos que poco faltó para que turbaran su tranquila existencia. Iván Ílich esperaba la plaza de presidente en una ciudad universitaria, mas Goppe habíale tomado la delantera y le arrebató la colocación.

Se irritó Iván Ílich; todo él se hizo recriminaciones, y concluyó por disgustarse con sus jefes inmediatos. La frialdad le cercó y, en los otros nombramientos, fue igualmente omitido. Esto ocurría en 1880, y fue un penoso año en la vida de nuestro hombre, porque a la vez notó, de una parte, que el dinero que el empleo producía no bastaba para atender las necesidades de la existencia y, por la otra, que todo el mundo le había olvidado. Y lo que para él era una injusticia, para los demás era una acción naturalísima. Hasta su padre no creía deber suyo protegerle. Sintióse abandonado por cuantos creían que su situación, con los 3,500 rublos de sueldo, era normal y hasta feliz. Sólo él sabía, con la conciencia de todas las injusticias sufridas y las continuas recriminaciones de su esposa, con las deudas que empezaba a contraer, y que excedían a sus medios, sólo él sabía que su situación estaba lejos de ser normal.

En el verano de 1880, para disminuir los gastos, pidió licencia y partió, con su mujer, a pasar el estío en casa de los padres de

Prascovia Feodorovna. En el campo, sin ocupación, por primera vez sintió Iván Ílich no sólo el fastidio, sino una tristeza insoportable, motivos por que decidió no era posible vivir de aquel modo, que era necesario recurrir a medios decisivos, costara lo que costase. Habiendo pasado una noche de insomnio, durante la cual se paseó de un lado a otro del terrado, resolvió ir a San Petersburgo para tratar de obtener su traslado a otro ministerio, a fin de castigar "a los que no podían comprender su valor". Al siguiente día, no obstante las observaciones de su mujer y de su cuñado, partió para San Petersburgo.

Partió con un objeto: el de solicitar una plaza con 5,000 rublos. No le importaba el cambio de ministerio, ni dirección, ni clase de funciones. Necesitaba una colocación en que ganar 5,000 rublos, fuera en la administración, en el banco, en los caminos de hierro, en las instituciones de la emperatriz María, hasta en la aduana, pero absolutamente, a toda costa, los 5,000 rublos, y salir del ministerio donde no se le sabía apreciar. Y he aquí que el viaje de Iván Ílich fue coronado por el éxito más inesperado y sorprendente. En Kursk entró, en el vagón de primera clase en que él iba, F. C. Ilin, un amigo suyo, quien le comunicó un telegrama recientísimo, recibido por el gobernador de Kursk, telegrama en que se anunciaba que uno de aquellos días ocurriría en el ministerio: para la Plaza de Piotr Petrovich sería nombrado Iván Semeónovich.

El cambio no sólo era importante para toda Rusia, sino que, sobre todo, tenía un significado para Iván Ílich, pues haciendo resaltar la personalidad de Piotr Petrovich, y evidentemente la de su amigo Zachar Ivánovich, todo se tornaba en favor de nuestro héroe. Zachar Ivánovich era, en efecto, el colega y amigo de Iván Ílich.

La noticia le fue confirmada en Moscú. Al llegar a San Petersburgo, Iván Ílich fue a visitar a Zachar Ivánovich, y obtuvo de él l

promesa de una plaza segura en el mismo ministerio en que él estaba.

Ocho días después telegrafiaba a su mujer:

Zachar plaza Miller. Recibiré nombramiento en el primer despacho.

Gracias a aquel cambio de personajes, Iván Ílich adquirió tal posición en su antiguo ministerio que tenía dos grados más que sus colegas, 5,000 rublos de sueldo y 3,000 más por los derechos de traslado.

Volvió al campo, satisfecho como no lo estuviera mucho tiempo hacía. Prascovia Feodorovna también se puso alegre, hubo entre ellos una reconciliación. Iván Ílich contaba lo mucho que le habían honrado cuánto se le quería en San Petersburgo; cómo sus enemigos se sentían avergonzados, cometían bajezas y envidiaban su posición. Prascovia Feodorovna le escuchaba aparentando creerle sin contradecirle mucho. Luego sometió a su parecer todos los proyectos que concibiera respecto al arreglo de su existencia en la ciudad en que iban a habitar; y veía con alegría que los proyectos de su mujer eran los suyos, que estaban completamente de acuerdo, que la interrumpida existencia volvía a tomar su verdadero carácter, un carácter de alegría agradable y decente.

Iván Ílich pasó poco tiempo más en el campo. El 10 de septiembre había de comenzar a ejercer sus nuevas funciones; además, la instalación le preocupaba. El transporte de lo que tenía en provincias, la compra de muchas cosas... En una palabra, era preciso instalarse de la manera que él lo concebía, y como lo concebía, casi igualmente, Prascovia Feodorovna. Cuando todo estuvo convenido, cuando se vieron tan de acuerdo —no solían estar juntos con frecuencia, por otra parte— tornáronse más amigos que nunca desde los primeros meses de matrimonio.

Iván Ílich púsose en camino, y la alegría, producida por el éxito y por el acuerdo con su mujer, no le abandonaba. Encontró en la capital un piso encantador, tal como lo soñaran marido y mujer. Los aposentos de recepción, largos y anchos, de estilo antiguo y un gabinete grandioso y confortable; alcobas para su mujer y su hija; un despacho para su hijo, todo como expresamente hecho para ellos.

El mismo Iván Ílich hizo la instalación, escogiendo los colores y las tapicerías, comprando los muebles que faltaban, sobre todo antiguos, a los que sabía dar un estilo, un *comme il faut* particular, y todo avanzaba y acercábase a su ideal. Cuando la mitad estuvo hecha, la instalación excedió a sus esperanzas. Comprendió qué aire confortable, gracioso y no común tendría todo cuando estuviera terminado. Al dormirse, por la noche, trató de representarse el gran salón tal como sería; y mirándole, no concluido aún, veía ya la chimenea, la araña y demás muebles allí esparcidos en orden, y *aquellos* platos en las paredes, y *aquellos* bronces en su sitio.

Regocijábase al pensar en la sorpresa de su mujer y de Lisinka.

—¡Ellas, que tanto gusto tienen para estas cosas! —se decía.

No esperarían nada de aquello, de aquella multitud de objetos antiguos, que a lo demás daban un carácter particularmente distinguido. Se explicaba del peor modo en su cartas, a fin de que después se sintieran más sorprendidas. Aquéllo le ocupó de tal manera, que sus nuevas funciones le interesaban menos de lo que había previsto, y eso que el servicio era cosa que adoraba. Durante las audiencias tenían momentos de distracción; pensaba si estarían mejor las perchas rectas que las dobladas hacia arriba, y de tal manera estaba preocupado que a menudo trabajaba él mismo, colocando a su gusto los muebles, fijando tapices. Hasta llegó a subir por una escalera para decir al tapicero, poco entendedor, cómo debían colocarse los cortinajes. Poco faltó para que cayera al dar un paso, más, fuerte y ágil, se las compuso de manera que sólo se rozó una de sus manos contra la ventana. La contusión le hizo daño, pero un daño que pasó pronto.

Iván Ílich se sintió, todo aquel tiempo, alegre y en perfecto estado de salud. Escribía que había rejuvenecido quince años.

Creía terminar la instalación hacia fines de septiembre, pero se prolongó hasta mediados de octubre. En cambio era encantadora; no sólo a su entender: todo el que la vio fue de su opinión.

En suma, allí sólo había lo que se suele ver en casa de las personas no muy ricas, pero que quieren parecerlo, cosa que hace que se asemejen los unos a los otros: perchas, maderas, nogal, flores, tapices y bronces mates y brillantes, cuanto acumulan ciertas personas para parecerse a las que realmente son opulentas. Y en casa de Iván Ílich el parecido era tal, que ni aun la atención reparaba en ello, por mucho que a él se le antojase ser algo superior.

Cuando recibió a su mujer y a su hija en la estación; cuando las acompañó a las habitaciones, tan bien alumbradas; cuando el lacayo, con corbata blanca, abrió ante ellas la puerta que conducía a la antesala, guarnecida de flores; cuando vieron el salón y el gabinete, exhalando gritos de satisfacción y de entusiasmo, él se sintió felicísimo, las hizo examinar todo, y saboreó sus elogios, radiante de alegría.

Aquella misma noche, Prascovia Feodorovna le preguntó, entre otras cosas, cómo había sufrido el golpe, y él describió su caída, diciéndole cuánto había espantado al tapicero.

—¡No en balde aprendí gimnasia! Otro, en mi lugar, se habría matado; yo, apenas si me hice daño. En el momento en que se recibe, resulta algo doloroso; pero se cura..., y sólo queda un cardenal...

Recomenzaron su existencia, mas, como ocurre siempre, cuando estuvieron habituados al nuevo domicilio, descubrieron que "faltaba todavía una pieza"; si él pudiera aumentar el nuevo sueldo en 500 rublos, todo iría bien.

La época primera fue más agradable; cuando todavía no estaba terminado todo, comprar una cosa, encargar otra, cambiar de sitio esto, colocar bien aquéllo, eran distracciones, placeres. Aun cuando hubiera algunos desacuerdos, los esposos estaban satisfechos; había demasiado en qué ocuparse para perder el tiempo en disputas. Pero cuando la instalación hubo terminado completamente, otra vez comenzaron a fastidiarse: faltaba algo.

Pronto se encontraron nuevas relaciones, se adquirieron algunas costumbres, y la vida tornó a ser tranquila.

Iván Ílich pasaba el día en el Palacio, no iba a casa sino para comer, y al principio su disposición de espíritu fue muy buena, aunque ligeramente turbada por el deseo de que la instalación estuviera siempre como él la había dejado: las manchas en la alfombra, en las perchas, o un fleco de cualquier cortina en el suelo, eran cosas que le irritaban. Le había preocupado de tal modo el arreglo de todo aquéllo, que no podía sufrir la más pequeña destrucción.

En general, la existencia era tal como debía ser, con arreglo a sus creencias: fácil, agradable y digna. Se levantaba a las nueve, tomaba café, leía la prensa, vestía su uniforme de media gala e íbase al Palacio.

De tal modo habíase hecho a su trabajo, que no encontraba en él ninguna dificultad. Solicitantes, datos de cancillería, audiencias, todo era perfectamente ordenado. De todo sabía excluir la crudeza que turba la regularidad de los asuntos del servicio. Porque allí era preciso no admitir otras relaciones que las oficiales. Y el motivo de las relaciones, como las relaciones mismas, sólo debía ser oficial.

Ejemplo: Se presenta un hombre que desea saber alguna cosa. Iván Ílich, como quiera que aquella persona no es del oficio, no puede tener relaciones con él; pero, si en el comunicado del visitante ve algo oficial, algo que pueda escribirse en papel timbrado, Iván Ílich hará, en aquellos límites, cuanto sea posible observando a la vez una especie de actitud cordial y muy cortés. Mas en cuanto la comunicación oficial ha concluido, todo queda acabado al mismo tiempo.

Aquel don de separar lo oficial de lo real, sin nunca confundirlos, Iván Ílich lo poseía en el más alto grado. Su perfección era tal que, en ocasiones, como *amateur*, bromeando, se permitía confundir ambas cosas; se lo permitía porque sentíase con fuerzas para separar lo oficial de lo humano en cuanto era menester.

En los intervalos fumaba, tomaba té, hablaba algo de política, algo de asuntos oficiales, algo del juego y, sobre todo, se ocupaba de nombramientos. Y fatigador, con el sentimiento del virtuoso que ha tocado su parte como primer violín de orquesta, regresaba a su domicilio.

En casa, la hija y la madre salían cuando no tenían visitas. El hijo estaba en el colegio, preparaba sus lecciones, aprendía regularmente cuanto le hacían aprender. Todo iba bien.

Después de comer, si no había visitas, Iván Ílich solía leer un libro de que se hablaba mucho, y por la noche tornaba a sus asuntos, es decir, que leía papeles, repasaba códigos, confrontaba declaraciones con artículos de la ley. No estaba alegre, tampoco triste. Si se fastidiaba jugaba al *whist*, pero si no había con quién, prefería trabajar a quedar solo con su esposa.

El verdadero placer de Iván Ílich estaba en las comidas que ofrecía a personas importantes, señoras y caballeros, comidas que se parecían a las comidas de todos los presentes como su salón pudiera asemejarse a todos sus salones. Hasta dio, cierto día, una velada. Se bailó; Iván Ílich estaba alegre, todo iba bien cuando de repente surgió una discusión a propósito de la pastelería. Prascovia Feodorovna tenía su proyecto, pero Iván Ílich insistió en que todo se comprara en casa de los mejores pasteleros, y él mismo compró mucho; y acabó la discusión en que ninguno de los pasteles se comiera y la cuenta del pastelero se elevara a 45 rublos. La disputa fue desagradable: Prascovia Feodorovna le llamó bruto, necio, torpe. Él se oprimió la cabeza y habló de divorcio.

Pero la velada fue alegre. A ella asistió la flor y nata de la ciudad. Iván Ílich bailó con la princesa Trufonova, la hermana de aquella princesa que se dio a conocer por medio de la organización de la sociedad titulada *Quita-pesares*.

Las alegrías oficiales eran las alegrías del amor propio satisfecho; las alegrías sociales eran las de la vanidad, pero la mayor de las alegrías de Iván Ílich era jugar al *whist*. Confesaba que, tras las contrariedades de la vida, su puro placer era acercarse a la mesa con jugadores tranquilos, y organizar una partida entre cuatro (entre cinco érale penoso, aun cuando fingiera que le agradaba), y jugar de una manera inteligente, con cartas favorables. Cenar después y beber un vaso de vino. He ahí sus alegrías *personales*. De consiguiente, Iván Ílich íbase a la cama en las mejores disposiciones después de una partida en que ganara moderadamente, porque ganar demasiado no le agradaba.

Las relaciones de Iván y de su familia eran las mejores. Se componían de personas graves y de jóvenes. En la manera de elegir sus amistades, marido, mujer e hija estaban de acuerdo. No era menester que se pusieran de acuerdo anticipadamente. Todos sabían rechazar de un modo admirable a los parientes y amigos no lo suficientemente apropiados, que con caricias llegaban a su salón; las personas aquellas no tardaban en suspender sus visitas. De esta manera, en casa de los Golovin sólo quedaba la buena sociedad.

Todos hacían la corte a su Liseta, y Petristchev, el hijo de Dmitri Ivánovich, único heredero de su fortuna y juez de instrucción, siempre andaba detrás de la joven hija de Iván Ilich, de manera que éste hablaba ya del asunto con Prascovia Feodorovna.

—¿No sería bueno hacer que salieran juntos en *troika*,* o bien organizar una fiesta cualquiera?

He aquí cómo vivía Iván Ílich. Y todo marchaba inmutablemente y todo marchaba bien.

III

Todos gozaban de buena salud, porque de enfermedad no podía calificarse lo que Iván Ílich decía sentir con frecuencia en el lado izquierdo del vientre y un sabor extraño en la boca. Pero

---
* Coche tirado por tres caballos

ocurrió que aquella sensación desagradable comenzó a aumentar y a causarle, no aún el dolor, pero sí pesadez en el vientre y mal humor.

Este mal humor aumentando más cada vez concluyó por turbar su vida fácil y digna, restablecida apenas en la familia. El marido y la mujer volvieron nuevamente a sus disputas, y pronto de la vida fácil y agradable se pudieron conservar con trabajo las apariencias. Las escenas tornaron a ser frecuentes. Otra vez volvieron a quedar sólo aquellas islas, pero muy raras también, a que los esposos podían abordar sin cólera. Prascovia Feodorovna decía, no sin razón, que su marido tenía un carácter difícil. Con su costumbre de exagerarlo todo, afirmaba que él siempre había tenido aquel terrible carácter, y que había sido precisa su bondad para soportarlo durante veinte años.

Hablando con verdad, él era quien por entonces comenzaba las discusiones. Sus exigencias aparecían siempre en el momento de sentarse a la mesa, y con frecuencia hasta cuando empezaba a comer. Tan pronto notaba que tal plato estaba estropeado, como que su hijo ponía los codos en la mesa, o bien que el peinado de su hija no era conveniente. Y todo lo reprochaba a Prascovia Feodorovna.

Al principio ella replicaba, le decía cosas desagradables; pero en dos ocasiones, en los comienzos de la comida, se apoderó de él tal rabia, que ella comprendió se trataba de un estado enfermizo, y guardó silencio, no respondía, apresuraba la comida. Prascovia Feodorovna consideraba que su resignación era un gran mérito. Habiendo resuelto que su marido tenía un carácter terrible, que había hecho su desgracia, compadecíase a sí misma. Y cuanto más aumentaba aquella compasión, más grande era el odio que su esposo le inspiraba. Hubiera deseado que muriese, pero no le era posible querer su muerte, porque sin él no habría sueldo. Y aquéllo la irritaba más en su contra.

Considerábase desgraciada, porque ni la misma muerte de su esposo podía ya salvarla. Y se irritaba, pero disimulaba, y su irritación oculta redoblaba el mal estado de su marido.

Después de una escena en la que Iván Ílich fue particularmente injusto, y en la cual confesó que en efecto era muy nervioso y que aquéllo procedía de la enfermedad, Prascovia Feodorovna le dijo que si estaba enfermo debía cuidarse, y exigió que fuera a ver a un médico célebre.

Y fue. Todo pasó como pensaba; todo sucedió como acontece siempre: la espera, la gravedad afectada del médico, aquella gravedad, equivalente a la que él asumía en el tribunal, y la auscultación, y las preguntas que exigen de antemano respuestas determinadas y evidentemente inútiles, y el aire importante que expresa que no tenéis sino someteros para que *nosotros lo arreglemos todo,* pues nosotros sabemos infaliblemente cómo arreglarlo, de igual modo en todos los hombres, sean quienes fueren...

Absolutamente lo mismo que en el tribunal. Exactamente los mismos aires que adoptaba Iván Ílich con los acusados, el médico célebre tomábalos ante él. Decía el doctor:

—Esto y esto indica que usted tiene esto y aquéllo en el interior; pero, si en el análisis de tal cosa no queda esto demostrado, menester será suponer esto y esto... Si se supone esto y esto..., entonces..., etc., etc.

Una sola cuestión interesaba a Iván Ílich: ¿Era grave su estado? Pero el médico no dio importancia a tal cuestión, completamente inoportuna. A su entender era inútil y ni aun el razonamiento soportaba. Lo para él importante era restablecer el diagnóstico diferencial entre un riñón flotante, un catarro crónico y una enfermedad en el *cœcum*. No se trataba de la vida de Iván Ílich, sino sólo de la discusión entre el riñón flotante, el catarro crónico y la enfermedad del *coecum*. Y el doctor resolvió aquella discusión ante Iván Ílich de un modo brillante y en favor del *coecum*, diciendo, sin embargo, que el análisis de la orina podía dar nuevas piezas de convicción y que, entonces, el asunto sería examinado nuevamente.

Era aquella la misma conducta que Iván Ílich observara en muchas ocasiones, de un modo brillante, con los acusados. El doctor hizo su resumen con no menor brillantez, lanzando una mirada penetrante y por encima de los lentes hacia donde se hallaba el enfermo.

Y aquello desanimó a Iván Ílich, provocando un sentimiento de gran piedad hacia sí mismo y de inmensísimo rencor hacia el médico, tan indiferente ante una cuestión tan grave. Pero no replicó nada. Se levantó, dejó el dinero sobre la mesa y preguntó:

—Probable es que nosotros, los enfermos, hagamos preguntas inoportunas, mas, en resumen, ¿es o no peligrosa mi enfermedad?

El doctor le miró severamente, con un solo ojo y por encima de los lentes, como si quisiera decir:

—Acusado, si no observáis los límites de las cuestiones a que se os manda responder, forzado me veré a arrojarlos de la sala de audiencia.

—Os dije ya lo que me figuro útil y sin inconvenientes —manifestó en voz alta—. El resto se sabrá gracias al análisis.

Y el doctor saludó.

Iván Ílich salió con lentitud de aquella casa, volviendo a establecerse en el trineo que debía conducirle a su domicilio. Mientras caminaba trató de recordar lo que el doctor le dijera, queriendo traducir sus frases embrolladas, aprendidas de antemano, a un idioma sencillo, para encontrar respuesta a la pregunta:

—¿Mi situación es grave, gravísima, o no?

Todo le parecía lúgubre en las calles. Los cocheros estaban tristes, las casas estaban tristes, los transeúntes, las tiendas, estaban tristes.

Y aquel dolor sordo, desagradable, que no le abandonaba un segundo, tenía para él un significado serio, en relación con las confusas palabras del doctor. Iván Ílich le escuchaba con sentimiento de angustia nueva.

Una vez en casa, refirió a Prascovia Feodorovna lo acaecido en su visita. Ella le escuchaba, mas en mitad de la conversación su hija entró en el aposento, vestida de calle y con el sombrero puesto: se disponía a salir con su madre. Ésta hizo un esfuerzo para seguir escuchando, pero la voluntad no fue duradera, y ambas partieron antes de que Iván concluyese. Sin embargo, Prascovia Feodorovna tuvo tiempo para decir:

—¡Bueno! Estoy contentísima. Fíjate ahora y toma tus remedios regularmente. Dame la receta. Enviaré a Guerassim a la farmacia.

Y se marchó. Mientras que ella estuvo en el aposento, él contuvo su respiración; luego suspiró tristísimamente.

—Bueno... —se dijo—. Quizá no sea nada, efectivamente.

Tomó los medicamentos, siguiendo las prescripciones, que se vieron cambiadas después del examen de la orina. Pero he aquí que se notó en el segundo análisis que también había habido error. Le fue imposible hablar con el médico, no pudo llegar hasta él.

¿Y cómo saber si las prescripciones eran buenas? O el doctor había olvidado algo, o bien había mentido, o bien trató de ocultarle esto o lo otro. No obstante su indecisión, Iván Ílich se atuvo a las recetas. Al principio halló allí un consuelo. Después de la visita al médico, su principal ocupación era obedecerlas exactamente, y atender su enfermedad y cómo se cumplían las funciones de su organismo.

Los intereses profundos de Iván Ílich eran, entonces, la enfermedad y la salud. Cuando ante él se hablaba de muertos, de enfermos, de convalecientes, y sobre todo de una enfermedad semejante a la suya, trataba de ocultar su emoción, sin que por ello cesara de escuchar, preguntar y comparar.

El dolor no disminuía, pero Iván Ílich hacía esfuerzos sobre sí mismo para obligarse a creer que iba mejor, y hasta conseguía engañarse mientras nada le turbaba. Mas en cuanto se suscitaba una disputa con su mujer, cualquier contrariedad en el servicio, el más mínimo fracaso en el *whist,* entonces sentía la fuerza de su enfermedad. Soportaba en otro tiempo las derrotas, esperando que en breve cubriría los fracasos con un triunfo. Entonces, cualquier contrariedad le fastidiaba hasta conducirle a la desesperación. Se decía:

—¡Vaya! ¡En cuanto comienzo a sentirme mejor, en cuanto el medicamento empieza a obrar, he aquí que el maldito disgusto!...

Se enfureció contra la desgracia y con los hombres que se la llevaban. Sentía que aquella cólera le mataba, pero no podía dominarla. Debía saber que su rencor agravaba su enfermedad, y que no debía prestar gran atención a nada de cuanto solía preocuparle, pero también razonaba en contra: se decía que precisaba reposo, que todo interrumpía este reposo, porque a él le inquietaba cuanto podía ser capaz de inquietarle.

La lectura de libros de medicina y las palabras de los médicos agravaban su situación. La enfermedad progresaba, de manera que podía engañarse comparándola un día con otro. ¡La diferencia era tan mínima!

Pero cuando consultaba a los médicos parecíale que todo iba peor, hasta más rápidamente. Y, no obstante esto, a cada momento les consultaba. Había ido a visitar a otra celebridad. Y esta celebridad le había dicho lo propio que la anteriormente consultada, sólo que sus preguntas viéronse establecidas distintamente.

Y el resultado de la entrevista no hizo sino reiterar la duda y el miedo de Iván Ílich. El amigo de uno de sus amigos, muy buen médico él, estableció un diagnóstico del todo diferente. Y, no obstante prometer la cura, redobló con sus preguntas la duda del enfermo.

Un homeópata determinó de modo distinto a todos la enfermedad de Iván Ilich, y diole un medicamento que él tomó por espacio de una semana. Mas, no sintiendo mejoría y habiendo perdido la confianza en todos los remedios, cayó en el abatimiento.

En cierta ocasión una señora, visita de la casa, refirió una cura verificada por medio de las imágenes religiosas. Iván Ílich sintióse sorprendido al escucharla atentamente. Aquello le causó espanto. Se decía:

—¿Es que mis capacidades intelectuales se debilitan? ¡Necedad! Menester es no abandonarse a la hipocondría. Y, escogiendo un buen médico, seguir sus prescripciones. Esto es lo que haré. Hasta el verano seguiré su tratamiento. Veremos después. ¡Las vacilaciones han concluido!

¡Fácil era la cosa para dicha! Minábale el dolor; hubiérase creído que se tornaba más constante; el sabor en la boca era más extraño; le parecía que aquello exhalaba un olor horrible; el apetito y las fuerzas declinaban. No cabía el error; algo horroroso, y tan importante que nada era a ello comparable en la vida de Iván Ílich, se iba cumpliendo. ¡Y sólo él lo notaba! Cuantos le rodeaban no querían o no podían comprenderle, y se figuraban que todo en este mundo acaecía como en tiempos pasados. Tal idea le hacía sufrir más. Los de casa, sobre todo su mujer y su hija, de lleno en el mundano movimiento, nada comprendían, lo veía, como veía que les contrariaba que estuviera tan lúgubre como un culpable.

Aun cuando trataban de disimularlo, veía que él era una causa de fastidio, y que su mujer había tomado cierta actitud respecto a su enfermedad, permaneciendo independiente de cuanto decía y hacía. He aquí explicada su actitud:

—Ustedes saben —decía ella a los conocidos— que Iván Ílich no puede someterse exactamente al tratamiento, como es posible a todo el mundo. Hoy toma o hace lo que se le dice; mañana, si yo olvido tener cuidado, ya no se acordó de los medicamentos, come lo que no debe, y juega al *whist* hasta la una de la madrugada.

—¡Vamos! —replicaba Iván Ílich con fastidio—. Sólo una vez jugué tarde..., en casa de Piotr Ivánovich.

—¡Y ayer con Shebek! —pronunciaba la mujer.

No hubiera dormido con el dolor.

—**Pero**, sea como quiera, el caso es que de este modo no curarás y que nos haces sufrir.

Y todo cuanto expresaba a los demás y se expresaba a sí misma era en el sentido de que la enfermedad de su esposo significaba un nuevo disgusto que éste la hacía sufrir. Iván Ílich sentía que en ella no era extraño pensar de aquella manera, lo que no le tranquilizaba cosa mayor.

En el tribunal, Iván Ílich veía o creía ver la misma extraña actitud respecto a él; tan pronto le parecía que se le miraba con demasiada atención y como a hombre que pronto dejará tras sí una plaza vacante, o bien, en su presencia, sus amigos bromeaban acerca de su susceptibilidad, como si aquella cosa terrible, horrorosa, aquella cosa imprevista que le roía sin cesar, que le arrastraba irresistiblemente, sin que supiera hacia dónde, fuera su favorito motivo de broma. Schwarz, sobre todo, le irritaba muchísimo con su carácter alegre, lleno de vida, y su aire *comme il faut,* pues recordaba a Iván Ílich lo que él fuera diez años antes.

Reuníanse los amigos para jugar. Todo parecía alegre, seductor; mas, de repente, Iván Ílich sentía aquel dolor roedor, aquel mal gusto en la boca, y descubría algo de salvaje en la alegría de los demás. Veía cómo Mikail Mikáilovich, colocado frente a él, golpeaba la mesa con sus manos sanguíneas, y conteníase con indulgencia y cortesía para coger las cartas y empujarlas hacia Iván Ílich, a fin de que éste tuviera el placer de tomarlas sin fatigarse.

—¡Cómo! Cree que soy débil para alargar la mano —decíase Iván Ílich.

Y sufría.

Los demás se daban cuenta de sus padecimientos y le decían:

—Podemos suspender si está usted fatigado. Descanse.

—¿Descansar? ¡Pero si no estoy cansado!

Y concluían la partida. Todos estaban sombríos y silenciosos; Iván Ílich sentía que él era la causa de aquella tristeza, y no lograba disiparla.

Comían y se separaban. Iván Ílich quedaba con el sentimiento de que su vida estaba envenenada, de que envenenaba la de los demás, y de que aquel veneno, en vez de disminuir, penetraba más cada vez todo su ser. Con tal sentimiento, acompañado de dolor físico y de terror, necesario era acostarse y pasar la mayor parte de la noche sin poder dormir, a causa del dolor, y levantarse al siguiente día, vestirse, ir al tribunal, hablar, escribir o bien quedarse en casa y pasar veinticuatro horas de sufrimiento.

¡Vivir solo, al borde del precipicio, sin un ser que lo entendiera, que se apiadase de él!

Pasaron así dos meses.

Antes de Año Nuevo, el cuñado de Golovin, de paso para la ciudad, paró en casa de sus parientes. Iván Ílich estaba en el tribunal. Prascovia Feodorovna hacía sus compras. De regreso, Iván Ílich halló en su gabinete al cuñado, un sanguíneo lleno de salud, que se disponía a abrir por sí mismo sus maletas. Miró a Iván Ílich, sorprendido, sin hablar. Aquella mirada fue lo más significativa para el enfermo.

El cuñado abrió la boca para proferir una exclamación, pero se contuvo.

—¡Qué!, ¿he cambiado mucho?

—Sí..., has cambiado.

Y cada vez que Iván Ílich quería reanudar la conversación respecto a su exterior, el cuñado guardaba silencio.

Cuando Prascovia Feodorovna estuvo de vuelta, pasó a sus aposentos.

Iván Ílich cerró la puerta con llave y empezó a mirarse en el espejo, primero de frente, luego de perfil. Tomó la fotografía en que se hallaba retratado con su mujer, y la comparó con la imagen que en el espejo se reflejaba. El cambio era enorme. Luego, habiéndose remangado hasta los codos, miró sus brazos, tornó a bajar sus mangas, sentóse en una otomana y púsose más sombrío que la noche.

—No es necesario, no es necesario —se dijo.

Levantóse bruscamente, tomó asiento ante su mesa y empezó a leer una revista, pero no pudo continuar. Encaminóse hacia el salón. La puerta estaba cerrada. Se acercó de puntillas a la puerta y escuchó.

—¡No, exageras! —decía Prascovia Feodorovna.

—¡Cómo que exagero!, ¿pero es posible que no veas que es hombre muerto?... Fíjate en sus ojos. Ninguna luz. ¿Y qué tiene?

—Nadie lo sabe. Nicolaiev (un médico) ha dicho algo, mas no he podido entenderle. Leschetitsky (otra celebridad) opina lo contrario...

Retirándose de la puerta, Iván Ílich volvió a su aposento, echóse sobre la cama y pensó:

—¡El riñón, el riñón flotante!

Se acordó de cuanto los médicos habíanle dicho, cómo el riñón se había desprendido y cómo *flotaba* entonces. Y con esfuerzos de imaginación trataba de retenerle y de fijarle.

¡Tan poco es menester!... —pensaba—. ¡No, iré a casa de Piotr Ivánovich! Era este el amigo que por amigo tenía un médico. Llamó, dio orden de que engancharan y se aprestó para salir.

—¿A dónde vas, Iván? —le preguntó su mujer, en tono de tristeza y de bondad desacostumbradas.

Aquel tono le enfadó. Le dirigió una sombría mirada.

—Tengo algo qué hacer en casa de Piotr Ivánovich.

Fue a casa del amigo, con él a la del médico y habló extensamente con éste. Analizando anatómica y fisiológicamente lo que en él, según el médico, ocurría, todo lo comprendió. "Había una cosa muy pequeña en el *coecum*." Aquello podía arreglarse. Era preciso aumentar la energía de un órgano, disminuir la actividad de otro, y se produciría una absorción y todo volvería a entrar en orden.

Iván Ílich no se retrasó mucho a la hora de comer. Mientras comía se halló en buena disposición, hablando alegremente, no pudiendo decidirse a volver a su gabinete, para de nuevo entregarse al trabajo. Por fin se decidió. Examinó distintos asuntos, trabajó; pero el sentimiento de una tarea íntima, de la que se ocuparía cuando acabase, no le abandonaba. Cuando lo hubo todo ultimado, recordó que aquella íntima tarea era "pensar en el *coecum*." Mas, no queriendo ceder a ella, fue al salón a tomar té. Se encontró con que había amigos que hablaban o tocaban el piano: el juez de instrucción, el prometido de su hija, también estaba allí.

El amo de la casa pasó aquella velada más alegremente que las otras, según pudo observar Prascovia Feodorovna. Sin embargo, ni por un solo minuto había olvidado lo que aplazase para después, sus "pensamientos sobre *el coecum*." A las once se despidió de todo el mundo y se retiró.

Desde que cayera enfermo acostábase solo en una pieza vecina a su gabinete de trabajo. Se desnudó y tomó una novela de Zola; mas no pudo leer. Pensaba. En su imaginación se hacía la tan deseada cura del ciego. Veía realizarse las absorciones, las eliminaciones, y establecerse las funciones regulares.

—Sí, todo irá a pedir de boca —se dijo—. Sólo que es necesario ayudar a la naturaleza.

Recordó la medicina, se levantó, la tomó, se echó boca arriba, escuchándola obrar favorablemente haciendo desaparecer el dolor.

—No hay más que tomarla regularmente, para evitar las influencias dañosas; ya me siento mejor, mucho mejor.

Se palpó el lado enfermo, no le dolía al tocar.

—Sí, no lo siento... La verdad es que voy mejor.

Apagó la vela, echóse en la cama de lado... Súbitamente sintió aquel dolor antiguo, el dolor sordo, roedor obstinado, lento y serio que tan perfectamente conocía, y en la boca el gusto atroz. Su corazón sintióse oprimido, sus pensamientos se embrollaron.

—¡Dios mío, dios mío! —murmuró—. ¡Aún, aún! ¡Y no cesará nunca esto!

De repente también, todo se le presentaba bajo otro aspecto.

—¡El ciego! ¡El riñón flotante! —se dijo—. Pero no se trata de ciego, ni de riñón; se trata de la vida.... y de la muerte. ¡Sí, hay una vida, y he aquí que se va y que no la puedo detener! Sí. ¿Por qué me engaño? ¿Acaso no es evidente para todo el mundo, excepto para mí, que yo me muero? Ya no se trata sino del número de semanas, de días..., quizá sea un momento... ¡Aquello era la luz, ahora llegan las tinieblas! ¡Antes estuve aquí, ahora voy allá abajo! ¿A dónde? Y se ponía frío, su respiración se cortaba. Sólo sentía los latidos de su corazón.

—¡Moriré! ¿Qué ocurrirá entonces? ¡Nada ocurrirá! ¿Dónde estaré entonces, cuando no exista? ¿Es la muerte, en efecto? ¡No, no quiero!

Saltó de la cama, quiso encender la vela, y para ello la buscaron sus manos temblorosas. Cayó el candelero. Iván Ílich se echó otra vez en la cama.

—¿Para qué? ¡Es inútil! —se dijo, con los ojos desmesuradamente abiertos en la profunda obscuridad—. ¡La muerte! ¡Sí, la muerte! Y ellos no lo saben, no quieren saberlo, y no me compadecen. Tocan (oía, procedente de lejos, a través de los aposentos el ruido de las canciones y del piano). ¡Lo que me ocurre les es indiferente! ¡Pero morirán como yo!... ¡Necios! Primero yo y ellos después... ¡Pasarán por el mismo trance! ¡Y se divierten! ¡Imbéciles!

La cólera le ahogaba. Experimentaba una angustia sin límites.

—¿Es posible que todos, y eternamente, se hallen condenados a este horrible terror?

Se levantó de nuevo.

—Hay aquí algo que no es natural; es preciso calmarse, es preciso reflexionar.

Y comenzó a reflexionar.

—Sí..., el principio de la enfermedad... Me rocé el costado, y nada noté los días siguientes, si se exceptúa un pequeño dolor... Éste aumentó..., en seguida los médicos, el abatimiento, la tristeza, de nuevo los médicos..., y cada vez me acercaba más. Y heme débil, sin luz ante mis ojos. La muerte está allí, y yo pienso en el intestino ciego... Pienso en la manera de reparar el intestino..., ¡y esto es la muerte! Y agregaba:

—¿Es en verdad la muerte?

El terror le asió de nuevo, se sofocó, buscó cerillos, con el codo tropezó en un mueble. Se hizo daño, se enfadó y lo rechazó encolerizado. Y sofocadísimo, desesperado, se echó boca arriba y esperó la muerte, deseando que llegara al *punto*.

Los invitados partían en aquel instante; Prascovia Feodorovna les acompañaba, hasta la puerta oyó el ruido que la silla produjera y penetró en el aposento de su esposo.

—¿Qué hay?

—Nada. He caído...

Ella sonrió y volvió con una bujía. Él estaba echado, respiraba penosamente y con rapidez, como aquel que corriendo ha franqueado una *versta*, y la miraba fijamente.

—¿Qué tienes, Iván?

—¡Na-a-da!... He-e-caído!

—¿Para qué hablar? No me comprendería —pensaba.

En efecto, no comprendió nada; levantó el candelero, encendió la bujía y salió rápidamente. Aún debía acompañar a una invitada. Cuando regresó, continuaba echado boca arriba, mirando a lo alto.

—¿Acaso te sientes peor?

—Sí.

Ella movió la cabeza y se sentó.

—¿Sabes Iván, que pienso que quizá fuera mejor que Leschetitsky viniera a casa?

Eso quería decir, invitar al célebre médico a que no pensara en economías, a que no mirara el dinero. Él sonrió de un modo sarcástico y contestó: "no". Prascovia Feodorovna se le acercó, le abrazó y le besó en la frente. Iván Ílich la detestaba con todas las fuerzas de su alma en el momento en que lo besaba, y hubo de hacer un esfuerzo para no rechazarla.

—¡Adiós! ¡Si Dios quiere, dormirás!

—Sí.

Iván Ílich se veía morir, y le invadía continua angustia. En el fondo de su alma sabía que debía sucumbir; y no sólo no estaba acostumbrado a aquella idea, sino que ni aun la comprendía, ni la podía de ningún modo comprender.

El ejemplo del silogismo que aprendió en la *Lógica* de Kiseveter "Cayo es un hombre; todos los hombres son mortales; de consiguiente, Cayo también es mortal", le parecía aplicable únicamente a Cayo, pero de ningún modo a sí mismo.

Allí se trata de Cayo, de un hombre como todos, y aquello es perfectamente justo, pero él no era Cayo, un hombre como todos, él siempre había sido un ser distinto de los demás, él era el pequeño Iván, con papá, con mamá, con Mitia y Volodia, sus hermanos, con los juguetes, el cochero y la institutriz; en seguida con la pequeña Katia, con todas las alegrías, tristezas y transportes de la infancia, de la adolescencia y de la juventud.

¿Acaso existió para Cayo aquel montón de juguetes que a él, al pequeño Iván, le agradaban tanto? ¿Alguna vez abrazó Cayo a su amada madre como él? ¿Existía para Cayo el roce de los trajes de seda de su madre? ¿Acaso escandalizaba Cayo en la Escuela de Derecho, como él solía hacerlo para disputarse cualquier regalo? ¿Cayo había estado enamorado? ¿Acaso Cayo podía presidir una sesión como él la presidía?

—Cayo es verdaderamente mortal, y normalísimo es que muera: pero yo, Vania,* Iván Ílich, con todos mis sentimientos y pensamientos, yo... ¡Distinto es el asunto! ¡No es posible que yo deba morir! Esto sería excesivamente terrible. Si yo debiera morir, como Cayo, habríalo sentido, una voz interior me lo hubiese dicho; pero nada semejante hay en mí. Y yo y todos mis amigos y compañeros comprendimos perfectamente que no debe ocurrirnos lo que a Cayo.

—Pero... —se decía después—. Pero ocurre. No puede ocurrir, pero ocurre. Mas, ¿cómo ha ocurrido? ¿Cómo comprenderlo?

Y no le era posible comprender aquel pensamiento, y trataba de rechazarlo como falso, mentiroso, enfermizo, para reemplazarlo por otros regulares, sanos. Pero volvía, no como pensamiento, sino como realidad, perpetuamente hallábase ante él. A la fuerza provocaba otros pensamientos esperando que le prestarían algún apoyo. Trataba de encontrar las direcciones anteriores de sus ideas, que le impedían pensar en la muerte. Mas, cosa extraña, todo lo que antes velaba, disimulaba o destruía la conciencia de la muerte,

---
* Diminutivo de Iván.

entonces no tenía ya ningún influjo. La mayor parte de aquel tiempo, para Iván Ílich pasaba en aquellos intentos de restablecer la marcha de los sentimientos que alejaban la idea de la muerte.

Y se decía:

—Me ocuparé en el servicio. En los pasados tiempos sólo viví gracias a él.

E iba al tribunal, alejando de sí todas las dudas, entablaba conversación con los amigos, tomaba asiento, con arreglo a su antigua costumbre, dirigiendo una mirada distraída, preocupada, a la multitud, se apoyaba en los brazos de un sillón de encino y volviendo la cabeza hacia su colega, cuchicheaba, levantando luego la vista y sentándose naturalmente, para pronunciar ciertas palabras, y el asunto comenzaba.

Mas, bruscamente, el dolor reaparecía, de nuevo empezaba su *faena* roedora. Iván Ílich escuchaba, trataba de alejar de él el pensamiento, pero el dolor continuaba su obra. Y la muerte se erguía ante él, le miraba. Y él permanecía estupefacto, sus ojos tornábanse obscuros, y se preguntaba:

—¿Es cierto que sólo ella es cosa real?

Sus amigos y subordinados notaban, con pena y admiración, que él, un juez tan fino, tan brillante, se embrollaba, cometía errores.

Iván Ílich se sobreponía, trataba de volver en sí, pero con trabajo podía ultimar el asunto; regresaba a su casa con la certeza de que ni en sus asuntos judiciales lograba disimularse lo que de tal modo deseaba estuviera oculto, que ni allí le era posible desembarazarse de ELLA. Y lo que en el caso había de más penoso era que ELLA le atraía hacia sí, no para que hiciese algo, sino únicamente para que LA mirase frente a frente, a los ojos.

Y no podía hacer nada en contra, y padecía indeciblemente. Y, para escapar de aquella situación, Iván Ílich buscaba el consuelo tras de otros velos, que le protegían durante cierto tiempo, pero que pronto caían: ELLA se mostraba a través de todo; nada podía ocultarla.

A veces entraba en el salón dispuesto por él, en aquel mismo salón en que cayera, en cuyo arreglo había sacrificado la existencia. ¡Cuán chocante y sarcástico le parecía pensar en ello! Entraba, advertía que la mesa barnizada estaba llena de ranuras. Buscaba la causa de ellas y veía que provenían del adorno en bronce del álbum, que se había desprendido en uno de los ángulos. Tomaba aquel álbum costoso, por él mismo compuesto con amor, veía que estaba en desorden, desgarrado, con las fotografías arrancadas; y la negligencia de su hija y de sus amigas le causaba mal humor.

Poníalo todo en orden, arreglaba el ángulo del libro. En seguida se le ocurría la idea de pasarlo todo con los álbumes a otro rincón. Llamaba al lacayo; su mujer y su hija se presentaban, y ni una ni otra consentían en lo que deseaba él, le contradecían. Él discutía, se enfadaba, pero sentíase bien, porque entonces no pensaba en ELLA, no la veía. Luego, he aquí que su esposa le dice, en el momento en que cambia de sitio los muebles:

—Espera, los criados lo harán; otra vez vas a causarte daño.

E inmediatamente se aparecía ELLA. Se aparecía; mas él confiaba en que se ocultara, y a su pesar escuchaba, escuchaba aquella cosa que constantemente le roe de igual modo, que no puede olvidar, y ELLA le miraba claramente y a través de las flores.

—¿A qué todas esas cosas? En efecto, allí, detrás de aquella cortina, perdí mi vida en una como batalla. ¿Es posible esto? ¡Cuán espantoso y necio a la vez! ¡Esto no puede ser! ¡Esto no puede ser..., pero es!

Se retiraba a su gabinete de trabajo y permanecía nuevamente con ELLA. A solas con ELLA, nada en contra de ELLA podía hacer... Nada, sino mirarla y horrorizarse.

Ocurrió, en el transcurso del primer mes de la enfermedad de Iván Ílich —no podría decirse cómo, porque ello se formaba, invisiblemente, paso a paso—, que su mujer, y su hija, y los criados, y los médicos, y sobre todo él mismo, supieron que el interés que él inspiraba a los demás se reducía a saber si pronto dejaría vacante su plaza, si desembarazaría pronto a los vivos del fastidio que causaba su presencia, y si él se vería pronto libre de sus sufrimientos.

Dormía cada vez menos, se le daba opio, le aplicaban inyecciones de morfina; pero nada le tranquilizaba. La angustia debilitadora que experimentaba en sus semiletargos le tranquilizaba muy pronto como algo nuevo, pero en seguida se tornaba tanto y quizá más penosa todavía que el dolor franco. Se le preparaban platos especiales, con arreglo a las prescripciones de los médicos; pero todos aquellos manjares cada vez tenían menos gusto para él, y cada vez también le parecían más repugnantes. Para la defecación tenía preparativos especiales, y era aquello un martirio, martirio causado por la inconveniencia y el mal olor, y por la conciencia de que otro hombre asistía a aquel acto. Sin embargo, en aquella práctica desagradable, Iván Ílich halló un consuelo: provenía este consuelo de hallarse servido por cierto *mujik* llamado Guerassim.

Guerassim era un mozo joven, fresco, rollizo, siempre alegre y de rostro claro; al principio, la presencia de aquel hombre aseado y sano intimidaba a Iván Ílich. En cierta ocasión, al levantarse del orinal, sin fuerza para vestirse, cayó sobre una butaca mirando con terror sus pantorrillas descarnadas. En el mismo instante entró Guerassim calzado con gruesas botas, despidiendo un agradable olor a brea y a aire fresco, con paso fuerte y seguro. Llevaba limpia camisa de percal, que había arremangado sobre sus brazos potentes y jóvenes, y conteniendo la alegría de vivir para que no apareciera en su claro rostro, por no ofender a Iván Ílich, aproximóse al orinal.

—¡Guerassim! —dijo con voz rendida el enfermo.

Guerassim se estremeció, temiendo haber cometido una torpeza, y con movimiento rápido volvió hacia Iván Ílich su rostro fresco, bueno, sencillo, joven, apenas cubierto de vello.

—¿Qué desea el señor?

—Creo que eso ha de serte desagradable. Perdóname, no puedo...

—¡Qué dice el señor!

Guerassim mostró sus dientes blancos y jóvenes.

—¿Por qué no soportarlo?... ¡Está el señor tan enfermo!...

Y con sus manos diestras y fuertes cogió el orinal y salió al punto. Cinco minutos después volvía a entrar de igual modo, con semejante paso.

Iván Ílich seguía en la misma posición sobre la butaca.

—Guerassim —dijo al *mujik* cuando éste dejó en su sitio el orinal perfectamente lavado—. Ven aquí: ayúdame, haz el favor.

Guerassim se acercó.

—¡Préstame tu apoyo! Me es difícil alzarme solo, y he despedido a Dmitri.

Guerassim le alzó y le sostuvo con una de sus manos vigorosas, y con la otra ayudó al enfermo a ponerse el pantalón. Quiso volverle a sentar, pero su amo le rogó le acompañase hasta el diván.

—¡Gracias! ¡Cuán divinamente y con qué destreza lo haces todo! —Guerassim sonrió suavemente y trató de salir. pero Iván Ílich estaba tan bien en su compañía que no quería que se marchara.

—Oye... Acércame esa silla... No, ésa..., bajo los pies... Parece que estoy más tranquilo teniendo los pies en alto...

Guerassim llevó la silla, la colocó sin hacer ruido, como él lo deseaba, y levantó los pies de Iván Ílich. Le pareció a éste que estaba mucho mejor cuando su criado le alzaba los pies.

—Me siento mejor de este modo... Pon encima esa almohada...

Guerassim lo hizo, levantando nuevamente los pies de su amo.

Iván Ílich tornó a sentirse mejor mientras el *mujik* sostenía sus pies. Cuando volvió a dejarlos sobre la almohada, de nuevo sintió el dolor.

—Guerassim —dijo—. ¿Está ocupado ahora?

—¡No, señor!... ¿Qué he de tener que hacer? Si se exceptúa el partir leña para mañana, todo lo hice ya.

—Entonces, ¿quieres levantarme los pies otro poco más? ¿Puedes?

—¿Por qué no? Es tan sencillo.

Guerassim volvió a levantar los pies de su amo, y **éste tornó a notar que su dolor se detenía.**

—Mas, ¿cómo partirás la leña? —dijo Iván Ílich.

—No se inquiete usted por eso... Habrá tiempo...

El enfermo dijo al criado que se sentara y tuviese sus pies. Habló con él. Y, cosa extraña, en realidad le pareció estar mejor mientras el *mujik* sirvió de punto de apoyo a sus pies.

A partir de aquel día, muy a menudo llamaba Iván Ílich a Guerassim, que mantenía los pies del amo sobre sus hombros; y el *mujik* lo hacía con destreza, buena voluntad y sencillez, lo cual, unido a lo otro, gustaba mucho a su amo. La salud, la fuerza y el valor ajenos humillaban a Iván Ílich; excluía de todos la fuerza y salud de Guerassim que, lejos de contrariarle, servíale de alivio.

El mayor sufrimiento de Iván Ílich era la mentira, aquella mentira adoptada por todos los demás, de que él no estaba enfermo, que no se moría, que le bastaba estar tranquilo y cuidarse para en seguida ponerse bien. Pero él estaba seguro de que, se hiciera lo que se hiciese, el resultado siempre serían horribles sufrimientos y la muerte.

Y aquella mentira le torturaba. Sufría porque no se quería reconocer lo que todos y él sabían, porque absolutamente queríase mentir respecto a su estado terrible. Y a él mismo se le obligaba a tomar parte en la mentira. ¡La mentira, la mentira en él, la víspera de su muerte, reduciendo aquella cosa terrible, solemne, al nivel de sus visitas, de sus vestidos y del pescado que se le preparaba para comer!... ¡Horrible era aquello! ¡Cosa extraña! A menudo, mientras que **se formaba tal mentira, estaba a punto de gritarles:**

—¡Cesad de mentir!... ¡Sabéis, como lo sé yo, que eso no es cierto!

Pero nunca tenía valor para hacerlo. Veía que aquel terrible desenlace estaba rebajado como una cosa desagradable, en parte hasta inconveniente; que se le trataba cual pudiera tratarse a un hombre que entrara en cualquier salón despidiendo un olor repugnante. De consiguiente, la misma inconveniencia que en vida le acompañara, acompañábale en la hora de su muerte. Veía que nadie le compadecía, que nadie quería comprender su situación. Guerassim era el único que le comprendía y tenía lástima de él. Y, a causa de esto, Iván Ílich sólo estaba bien en compañía de Guerassim. Sentíase a su gusto cuando Guerassim, teniendo sus pies, pasaba las noches en vela, sin querer ir a acostarse, diciendo:

—No tenga usted cuidado, Iván Ílich. Tiempo hay de dormir.

O bien poníase a tutearle y agregaba:

—¡Cuán enfermo estás! ¿Cómo no servirte?

Guerassim era el único que no mentía. Se veía en todos sus actos que, sabiendo de qué se trataba, consideraba que era inútil mentir, y compadecía sencillamente a su aniquilado señor.

En cierta ocasión, hasta le dijo groseramente:

—Todos debemos morir. ¿Por qué no he de trabajar? —agregó queriendo expresar de aquel modo que lo que hacía no le pesaba, que lo soportaba por un hombre agonizante, confiado en que alguien, andando el tiempo, le prestaría el mismo servicio.

Entre las consecuencias de aquella mentira, para Iván Ílich la más terrible era que nadie le compadeciese, cual hubiera querido serlo: momentos tenía, después de largos dolores, en los que le habría gustado, aun cuando el confesarlo le avergonzara, que se le compadeciese como a un niño enfermo. Hubiera querido que se le acariciase, que se le animase, que se le abrazara como a un niño de pecho. Pero sabía que era un importante personaje, que tenía barba, que encanecía, y que, de consiguiente, aquello era imposible. Sin embargo, lo deseaba. Y en sus relaciones con Guerassim había algo semejante, y ésta era la causa por que su trato con el *mujik* le consolaba.

Sí, Iván Ílich tenía ganas de llorar, hubiera querido que se le acariciase y que se llorara con él... y he aquí que llega Shebek, su colega, y en vez de llorar, Iván Ílich pone un rostro serio, sereno, profundamente pensativo, y emite su opinión sobre el significado de una decisión del Tribunal de Casación e insiste en ella con testarudez.

Aquella mentira, en torno de él y en él mismo, envenenaba más que todos los últimos días de Iván Ílich.

IV

Era por la mañana, cosa que se conocía únicamente porque Guerassim habíase marchado del aposento del enfermo. En su lugar estaba allí el lacayo Piotr, quien había apagado las bujías, separado las cortinas y empezado a arreglarlo todo. Fuese mañana o tarde, viernes o domingo, siempre la misma cosa: siempre el mismo execrable dolor roedor, la conciencia de una vida que se va, pero que aún no ha partido enteramente, la aproximación de aquella muerte horrorizante, odiosa, única realidad en medio de la mentira incesante. ¿Qué importan entonces las semanas, los días, ni las horas en que se está?

—¿Desea el té el señor?

Necesita la orden antes de servir a los amos el té de la mañana —pensó. Y, en voz alta:

—No —respondió sencillamente.

—Quizá desea usted que se le traslade al diván...

Necesita arreglar la alcoba, y yo le estorbo; soy el desorden, la suciedad —pensó Iván Ílich. Y dijo solamente:

—No, déjame.

Piotr siguió arreglando. Iván Ílich alargó la mano. Su criado se le acercó lo más servicial.

—¿Desea algo el señor?

—Mi reloj.

Piotr le dio el reloj, colocado a fácil alcance de su mano.

—Las ocho y media. ¿Todavía no están despiertos por allá?

—Vladimir Ivánovich (el hijo de Iván Ílich) partió hacia el colegio; Prascovia Feodorovna dio orden de que se le despertara si usted lo deseaba. ¿Lo ordena usted?

—No, no hace falta... Quizá tomara té —pensó luego—. Sí... Tráeme... té.

Piotr se dirigió hacia la salida. Iván Ílich temió quedarse solo.

—¿Qué hacer para retenerle? ¡Ah, sí!, ¡la medicina!... ¡Piotr, dame la medicina!... ¿Por qué no? Probablemente me hará provecho.

Tomó una cucharada.

—No, para nada me servirá. Todo esto son absurdos, mentiras —decidió en cuanto probó aquella substancia insípida—. ¡No, no puedo creerlo ya! Pero este dolor, este dolor..., ¿por qué este dolor? ¡Si al menos me dejara en paz un solo minuto...!

Y exhaló un gemido. Piotr se volvió.

—Nada, tráeme el té..., anda.

El lacayo salió. Iván Ílich seguía gimiendo, no tanto a causa del dolor, aun cuando fuera terrible, como de la ansiedad.

—¡Siempre, siempre igual..., siempre estos días y estas noches interminables! ¡Que venga lo antes posible! ¿Cómo, más pronto? ¿La muerte, las tinieblas? ¡No, No! ¡Todo es preferible a la muerte!

Cuando Piotr volvió con el té, sobre una bandeja, Iván Ilich fijó en él una mirada de extravío. La mirada aquella turbó a Piotr; y, cuando Piotr estuvo turbado, el enfermo se reanimó.

—Sí —dijo—. El té..., bueno; déjalo ahí. Pero ayúdame a lavarme y a ponerme una camisa limpia.

Descansando muchas veces se lavó las manos, la cara, se limpió los dientes. Para peinarse hubo de tomar el espejo. Al ver en él su imagen tuvo miedo, y lo que sobre todo le aterró fueron sus cabellos, pegados, suavísimos sobre su frente pálida. Cuando se cambiaba la camisa comprendió que aún se sentiría más horrorizado si viera su cuerpo, y para evitarlo no se miró. Púsose un traje de alcoba, se arrebujó en una manta y sentóse en el sillón para tomar el té.

Durante un minuto sintióse menos acalorado que de costumbre. Pero en cuanto empezó a tomar el té volvieron el gusto y el dolor. Hizo grandes esfuerzos para acabar; y se acostó y estirando las piernas. Despidió luego a Piotr.

¡Ah!, ¡siempre lo mismo! Tan pronto un fulgor de esperanza como un mar de desesperación, y siempre el dolor, siempre la ansiedad y siempre lo mismo. Solo se fastidia horriblemente, tiene deseos de llamar a alguien, pero de antemano sabe que acompañado estará peor.

—Morfina, a fin de olvidar. Diré al doctor que busque algo..., porque de este modo es imposible, imposible.

Así pasa una hora, dos. Luego suena la campanilla. ¿Será el doctor? Sí, el doctor es, fresco, despabilado, grueso, alegre, con expresión que dice: Parece que usted está asustado. ¿Y por qué? Todo lo arreglaremos inmediatamente.

Sabe el doctor que tal expresión no es propia al lugar en que se halla, pero se ha acostumbrado a ello y no puede suprimirla. Le ocurre como al hombre que desde por la mañana se pone el traje de ceremonia con que hará una visita por la noche.

Se frota las manos con satisfacción, dice en tono de consuelo:

—Tengo frío. Hiela de firme. Permítame que me caliente.

Como si sólo se tratase de esperar a que se caliente, y como si, una vez él caliente, el arreglo de todo lo demás fuera cosa ya sabida.

—Bueno. ¿Cómo nos hallamos? —pregunta.

Iván Ílich siente que el médico tiene ganas de decir: "¿Cómo van los males?"

Pero que sabe que no es posible hablar de tal modo. Y el enfermo mira al doctor con expresión en que se lee la pregunta:

"Luego, ¿no te avergüenza mentir?"

Pero el médico no quiere comprender la pregunta aquella.

Y responde Iván Ílich:

—Siempre tan horriblemente. El dolor no se calma, no quiere concluir. ¡Si al menos me diérais algo!...

—¡Por fin! ¡Todos los enfermos son iguales!... Creo que ahora tengo calor bastante. Ni aun la exigente Prascovia Feodorovna podría decir nada contra mi temperatura. ¡Vaya, buen día! El doctor estrecha la mano de Iván Ílich; luego, tornándose serio, examina al enfermo, su pulso, su temperatura.

Y vuelven a empezar las auscultaciones y percusiones.

Convencido se halla Iván Ílich de que todo aquello son absurdos, vanas mentiras, pero cuando el médico se pone de rodillas y hace ante él, con la más grave de las actitudes los ejercicios de gimnasia médica, Iván Ílich se rinde, como se rendía en otro tiempo a los discursos de los abogados, sabiendo perfectamente que todos mentían, y también las razones por que mentían.

El médico, de rodillas sobre el diván, escucha algo, cuando de pronto se oye el roce del traje de Prascovia Feodorovna, y el reproche que dirige a Piotr por no haberle advertido la llegada del doctor.

Entra, abraza a su marido, e inmediatamente empieza a probar que está levantada hace mucho tiempo, y que únicamente a causa de la torpeza del criado no se presentó allí en el instante de llegar la celebridad.

Iván Ílich la mira, reprochándole mentalmente la blancura y limpieza de sus manos torneadas, de su cuello, el brillo de sus cabellos y el resplandor de sus ojos, llenos de vida. La detesta con todas las fuerzas de su alma. Su contacto le hace sufrir, despierta un acceso de odio contra ella.

El modo de portarse con Iván Ílich en su enfermedad sigue siendo el mismo. Así como el doctor tiene un modo de obrar con los enfermos, modo de que no puede deshacerse, ella tiene el suyo respecto a Iván Ílich: no hace tal cosa que es preciso hacer, él es culpable de todo, y se lo reprocha amorosamente. Pero él no obedece, no toma las medicinas, se echa en una postura que le es perjudicial seguramente: con los pies en alto. Y refiere al médico la manera como se hace tener los pies por Guerassim. El doctor sonríe con sonrisa de indulgente desdén, una sonrisa que dice: "Los enfermos siempre inventan necedades por el estilo; mas deben serles perdonadas."

Cuando el examen ha concluido, el médico ve la hora en su reloj, y Prascovia Feodorovna anuncia a Iván Ilich que, no obstante lo que él diga en contra, ha invitado a un célebre médico, para que juntos él y Mijail Danílovich —médico de cabecera— vean y juzguen el caso con detenimiento.

—No te opongas a ello, te lo ruego. Hago esto por mí —dijo ella con ironía, dejándole sentir que todo lo hace por él, y que diciendo lo contrario le priva del derecho a rehusar nada.

Él nada dice y frunce las cejas. Siente que en la mentira que le rodea embróllase todo de tal forma, que difícil se hace precisar esto o lo otro. Porque todo cuanto ejecutaba era ejecutado para ella, y, cuando lo decía, todo parecía cosa inverosímil, que él debía comprender en sentido opuesto.

Efectivamente, a las once y media llegó el célebre médico. Y de nuevo tornaron a empezar las auscultaciones y las graves conversaciones, las preguntas y las respuestas formuladas con el aire de la mayor importancia. Y, en lugar de conversar respecto a la cuestión de vida o muerte, otra vez vuelve a hablarse del riñón y del intestino ciego, que hacen algo irregular. De un momento a otro, Mijail Danílovich y la celebridad se arrojarán sobre el riñón y el ciego y les obligarán a corregirse.

La celebridad se despide con aire serio, mas no desesperado.

A la pregunta tímida de Iván Ílich, cuyos ojos brillan de miedo y de esperanza, respecto a si hay o no sospechas de curación, contesta que no se puede responder, pero que hay posibilidad.

La mirada llena de esperanza con que Iván Ílich acompaña al médico, es tan conmovedora, que Prascovia Feodorovna llora cuando sale del gabinete para entregar al doctor sus honorarios.

La parte moral, animada por las esperanzas de la celebridad, pronto se turba otra vez. Es aquel mismo aposento, los mismos cuadros, los mismos tapices, colores, frescos, y siempre aquel mismo cuerpo dolorido, aniquilado por el sufrimiento.

El enfermo gime, se le aplica una inyección de morfina, pierde el sentido... Cuando vuelve en sí empieza a anochecer. Se le sirve la comida. Se esfuerza para tomar algo. Y otra vez lo mismo, de nuevo se acerca la noche.

Después de la comida, a las siete, entra en su aposento Prascovia Feodorovna, con sus gruesos senos levantados y huellas de polvo de arroz en el rostro, vestida para ir a una velada. Por la mañana ha hablado de ir al teatro. Sarah Bernhardt está allí de paso: a ruego de Iván Ílich han tomado un palco. Pero en aquel momento él no lo recuerda, y oféndele el tocado de su mujer; mas oculta aquel sentimiento cuando recuerda que, efectivamente, insistió para que se tomara un palco, porque se trata de una distracción estética e instructiva para los niños.

Prascovia Feodorovna está satisfecha de sí misma, no obstante sentirse algo culpable. Se sienta, pregunta por su salud —bien ve él que lo hace por preguntar algo, de ningún modo por saber, pues nada nuevo puede él decirle— y empieza a explicarle que por nada del mundo hubiera ido, pero que el palco está tomado, y que Lisa, su hija, y Petristchev —el juez de instrucción, prometido de la joven— van, y es imposible dejarles marchar solos. Preferible hubiérale sido quedar a su lado. Mas, ¡con tal de que obre, en su ausencia, cual le ordenan las prescripciones del médico!

—¡Ah, se me olvidaba! Feodor Dmitrich —el prometido— quisiera entrar con Lisa. ¿Puede?

—Que entren.

Penetra la hija en traje de ceremonia, mostrando su joven carne por el escote. Fuerte, saludable, visiblemente enamorada, reniega de la enfermedad, de los sufrimientos, de la muerte, que son obstáculos a su dicha. Entra con ella Feodor Dmitrich, rizado a la Capul, con cuello blanco doblemente planchado y almidonado sobre su pescuezo flaco y musculoso, las pantorrillas bien dibujadas por un estrecho pantalón negro, la mano izquierda enguantada y con el sombrero en la derecha.

Tras de él se desliza insensiblemente el pequeño colegial, vestido con nuevo uniforme, enguantado, el pobre, y con terribles ojeras, cuyo significado sabe Iván Ílich. El hijo siempre le inspiró lástima; y su mirada espantada, llena de compasión, causábale miedo. Parecíale a Iván Ílich que, excepto Guerassim, solamente Volodia le comprendía y le compadrecía.

Todos toman asiento e interrogan al enfermo respecto a su salud. Reina el silencio. Lisa pregunta a su madre dónde están los gemelos. Prodúcese una discusión entre madre e hija para saber quién los ha extraviado.

Feodor Dmitrich pregunta a Iván Ílich si ha visto a Sarah Bernnhardt. El enfermo no comprende de inmediato lo que se le quiere, pero en seguida dice:

—No... ¿Y tú?, ¿la viste ya?

—Sí, en *Adriana Lecouvreur*.

Prascovia Feodorovna dice que es la obra en que está mejor. Replica la hija, y la conversación recae sobre la verdad y la belleza del arte de Sarah Bernhardt.

A la mitad de la conversación Feodor Dmitrich dirige una ojeada al enfermo y guarda silencio. Los demás callan también. Iván Ílich les mira con ojos brillantes, visiblemente descontento de todos ellos. Sería preciso acabar aquella escena, pero la cosa es imposible. Nadie se atreve y todos temen que, de un modo cualquiera, se rompa la mentira convencional, y que la verdad se torne demasiado visible.

Lisa fue la primera en intentarlo. Interrumpió el silencio:

—Bueno —dijo mirando su reloj, regalo del enfermo—. Si hemos de ir, ya es hora.

Dirigió una sonrisa apenas perceptible al joven, como si se tratara de algo cuyo secreto ambos conocieran: luego se levantó haciendo ruido con su traje. La imitaron los demás, se despidió y partió todo el mundo. Cuando estuvieron fuera de la habitación, Iván Ílich sintióse tranquilo: la mentira ya no existe, partió con ellos, mas el dolor queda. Siempre aquel mismo dolor y aquel mismo espanto que nada, nada aminora.

Vuelven a pasar los minutos, las horas, y el FIN inevitable se torna más terrible cada vez.

—¡Que venga Guerassim! —responde a una pregunta de Piotr.

Su mujer volvió a entrar en el aposento del enfermo a muy avanzada hora de la noche. Entró andando de puntillas, pero él la oyó claramente; abrió los ojos y los volvió a cerrar en seguida. Prascovia Feodorovna quiso despedir a Guerassim y pasar la noche junto a su esposo. Él abrió los ojos y dijo:

No. ¡Vete!...

—¿Sufres mucho?

—¡Lo mismo!

—¡Toma opio!

Iván Ílich consintió. Marchóse su mujer.

Hasta las tres, poco más o menos, permaneció completamente extraño a todo. Le parecía que se le introducía en un saco negro, estrecho y hondo, que se le quería meter más adentro, cosa que no se lograba. Y ello ocurría entre horribles sufrimientos. Tenía miedo, trataba de escapar; a la vez se defendía y ayudaba a ser introducido. Y de repente cesaba de resistir, caía... Volvió en sí.

Lo mismo siempre. Guerassim durmiendo tranquilamente al lado de la cama, siendo el sostén de los pies de su amo, la misma bujía, el mismo interminable dolor.

—¡Vete, Guerassim! —murmuró.

—¿Por qué? ¡No! ¡Me quedaré!

Apartó los pies de los hombros de Guerassim; echóse de lado, apoyando en la mano la cabeza, y se apiadó de su suerte.

Esperó a que el criado estuviera en el vecino aposento; y luego, no pudiendo ya contenerse, lloró como un niño. Lloró a causa de su impotencia, de su horrible soledad, de la crueldad de las gentes, de la crueldad de Dios, de la ausencia de Dios.

"¿Por qué hiciste tú todo esto? ¿Por qué me condujiste al extremo en que me hallo? ¿Por qué me haces sufrir tan horriblemente?..."

No esperaba respuesta, y sollozaba porque no la había, porque no podía haber contestación.

Tornó el dolor, mas no se movía, ya no llamaba. Se dijo.

"¡Todavía!, ¡todavía! Pero, ¿por qué? ¿Qué te hice? ¿Por qué?..."

Luego calló; cesó, no sólo de llorar, sino hasta de respirar, y se volvió todo oídos, cual si escuchara la voz del alma, la dirección de los pensamientos que en él se producían.

"¿Qué necesitas?"

Ésta era la primera concepción, expresable en palabras, que oía. "¿Qué necesitas?" —se repitió.

—¿Qué? ¡No sufrir! ¡Vivir!

Y otra vez escuchó, pero con tal atención que ni el dolor le distraía.

—¿Vivir? ¿Cómo vivir? —preguntó la voz del alma.

—Sí, vivir cual viví antes, bien y agradablemente.

—¿Cómo viviste antes? ¿Qué es eso de bien y de agradablemente? —preguntó la voz.

Y él comenzó a analizar interiormente los mejores momentos de su vida agradable. Pero lo que de más había era que aquellos mejores momentos de su agradable vida no le parecían ser lo que fueran. Todos, excepto los primeros días de la infancia: algo verdaderamente agradable había en éstos, algo con que se hubiera podido vivir, si aquello hubiera podido renacer. Pero el hombre que viviera la vida conveniente no existía: era aquél un como recuerdo a otro referente.

Sí, en cuanto aparecían los recuerdos de aquellos días que viviera el Iván Ílich entonces enfermo, todas las felicidades se fundían y se transformaban en algo insignificante y hasta feo. Cuanto más se alejaba de la infancia y más se acercaba al presente, más insignificantes, más dudosas eran las alegrías.

Aquello empezaba a partir de la Escuela de Derecho. Todavía había allí algo bueno en realidad; aún había alegría, amistad, esperanzas. Pero en las clases más elevadas; aquellos buenos minutos se iban tornando raros. Luego, mientras el primer empleo, en casa del gobernador, de nuevo aparecían buenos instantes; los recuerdos de los primeros amores. Después, todo se confundía; las cosas buenas iban siempre en disminución. Más adelante, el decrecimiento se pronunciaba doblemente, las felicidades se desvanecían con rapidez.

¡El matrimonio..., tan imprevisto, y las desilusiones, y el mal genio de la esposa, y el sentimentalismo y la afectación!... ¡Y aquella labor muerta, y aquellas preocupaciones pecuniarias (un año, dos años, diez años, veinte años)! Y siempre lo mismo.

Pensaba Iván Ílich:

"Es como si hubiera descendido regularmente, imaginándome que subía. Mientras a los ojos del mundo me elevaba, mi vida huía... ¡Y he aquí que todo está consumado... que muero!..."

¿Qué quiere decir esto? ¿Por qué? Imposible es que la vida se halle tan desprovista de sentido, que sea tan horrible. Si tan absurda es y tan horrorosa, ¿por qué morir, y morir entre sufrimientos? Hay aquí algo que no está claro. Luego se le ocurría una idea más triste aún:

"Quizá no haya vivido cual debía. Mas..., ¿obré siempre como era preciso obrar?"

Inmediatamente apartaba esta solución del complicado problema de vida o muerte, como algo por completo inadmisible.

—¿Qué quieres, pues *ahora*? ¿Vivir? ¿Vivir, cómo? ¿Vivir cual vivías en el tribunal, cuando el ujier anuncia: "¡La Presidencia llega!... ¡La Presidencia llega! ¡La Presidencia llega!"

—¡Pero yo no soy culpable! —exclamó encolerizado—. ¿Por qué? ¿Por qué?...

Cesaba de llorar, volvía hacia la pared, y siempre pensaba en lo mismo:

"¿Por qué, por qué todo este horror?"

Y no encontraba respuesta. Y cuando le ocurría pensar —y ocurríale a menudo— que todo sucedía porque no había vivido como debiera, al punto recordaba toda la regularidad de su existencia, y otra vez rechazaba aquel extraño pensamiento.

V

Pasaron dos semanas más. El enfermo no abandonaba el sofá. No le gustaba la cama. Prefería el diván.

Con la cara vuelta hacia la pared, siempre le aniquilaban los mismos sufrimientos inexplicables, siempre le asediaba aquel pensamiento incomprensible:

—¿De veras esto es la muerte?

Y respondía la voz interior:

—Sí, de veras es la muerte.

—¿Por qué, pues, estos suplicios? —preguntaba.

Y la voz:

—Porque así es, ¡por nada!

Ningún otro acontecimiento para el enfermo. Desde el principio de la enfermedad, desde el instante en que fue a consultar al médico por vez primera, su vida se repartía entre dos disposiciones de espíritu contrarias, y que llegaban la una tras la otra tan pronto era el desaliento y la terrible espera de la muerte, como la confianza y la observación atenta a la actividad de su cuerpo, como ante sí tenía el riñón o el intestino que, *momentáneamente*, había cesado de funcionar, como se le ofrecía la muerte aterradora, incomprensible, jamás vencida.

Ambas disposiciones de espíritu se sucedían una a la otra; pero conforme avanzaba la enfermedad, la idea del riñón iba tornándose más fantástica, vaga y dolorosa, y más real la conciencia de la aproximación de la muerte. Le bastaba comparar lo que era tres meses antes con lo que entonces era, recordar cómo languidecía progresivamente, para que toda posibilidad de esperanza quedase destruida.

En los últimos tiempos de aquella soledad en que languidecía, echado y con el rostro contra el respaldo del diván; de aquella soledad en una gran población, en medio de sus numerosos conocidos y de su propia familia, soledad que no podía ser más completa ni en las profundidades del mar, ni bajo tierra, Iván Ílich no vivió sino de los recuerdos del pasado. Las imágenes de aquella vida que huyera se sucedían unas a otras. Aquello siempre empezaba por cosas recientes, a las que sucedían los acontecimientos más lejanos de la infancia, donde se detenía.

Acordándose de las ciruelas pasas que aquel día le sirvieran, sus recuerdos se fijaban en las ciruelas frescas que le daban cuando niño, en su sabor particular, en la abundancia del jugo, y junto a ese recuerdo nacía una serie de recuerdos de aquella época: la criada, el hermano, los juguetes.

—Es necesario no volver a recordar aquello..., resulta demasiado penoso —se decía Iván Ílich.

Y transportaba sus pensamientos a la época presente, al botón del respaldo del diván, a las arrugas del cordobán...

—El cordobán es caro, se estropea pronto —pensaba—. Ha habido una polémica respecto a esto... Pero hubo otro cordobán y otra disputa cuando desgarramos la cartera de papá; se nos castigó y mamá nos compró pasteles.

Y el pensamiento volvía a detenerse en la infancia, y otra vez sufría Iván Ílich, y hacía esfuerzos para alejarse, para pensar en otra cosa.

Un solo punto luminoso había más allá, en el principio de la vida; después, todo se hacía negro, negrísimo... La vida, serie de sufrimientos que aumentan progresivamente, camina con rapidez hacia el final de aquel horrible sufrimiento.

—¡Corro!...

Se estremecía, se agitaba, quería oponerse a ello, mas de antemano sabía su impotencia. Y contemplaba lo que ante sí tenía, miraba el respaldo del diván, esperaba aquella terrible caída, el choque, la destrucción.

—¡Imposible oponerse a ello! —se decía—. Pero comprender por qué, al menos... También esto es imposible. Podría explicarse si se pudiera decir que yo no viví como debía. Mas esto es por completo inadmisible —repetía, recordando la regularidad y mesura de su vida.

—¡Esto es completamente inadmisible! —volvíase a repetir, sonriendo extrañamente y cual si alguien pudiera ver su sonrisa y ser por él engañado.

—¡No hay explicación!... El suplicio, la muerte... ¿Por qué?

Otras dos semanas pasaron de tal modo.

En aquel interregno ocurrió el acontecimiento tan esperado por Iván Ílich y por su esposa: Petritstchev pidió la mano de Lisa. Esto acaeció de noche. Al siguiente día Prascovia Feodorovna entró en el aposento de su marido, reflexionando respecto a la manera como le comunicaría la petición de Fedor Dmitrich.

Pero aquella misma noche se había agravado Iván Ílich. Su mujer le encontró echado, como siempre en el diván, en una nueva postura. Estaba tumbado de espaldas, gemía y miraba ante sí con fijeza.

Prascovia Feodorovna empezó a hablarle de medicamentos. Él la miró. La mujer no pudo acabar su frase. ¡Tal odio hacia ella expresaba la mirada del enfermo!

—¡Por amor de Dios, déjame morir tranquilamente! —le dijo.

Ella quiso salir; pero en aquel momento entró la joven, quien se encaminó hacià donde su padre estaba echado para darle los buenos días. Le dirigió la misma mirada que a su mujer, y a las preguntas respecto a su salud contestó, con el tono más seco, que pronto estarían libres de su presencia. Ellas guardaron silencio, permanecieron allí un instante más; luego salieron.

—Pero, ¿de qué tenemos culpa? —preguntó Lisa a su madre—. ¡Como si nosotras fuéramos causa de ello! Compadezco a papá, pero, ¿por qué nos martiriza?

A la hora acostumbrada llegó el médico. Iván Ílich le respondió a todo "sí" o "no", sin apartar de él su irritada mirada, y acabó por decirle:

—Perfectamente sabe usted que no puede hacer nada. ¡Déjeme en paz!

—Siempre podemos aminorar los sufrimientos.

El doctor pasó al salón, donde previno a Prascovia Feodorovna que aquello iba muy mal y que sólo había un recurso, el opio, para atenuar el dolor, que debía ser horrible. Aseguraba que los sufrimientos físicos debían ser tremendos. Y era verdad aquello; pero más terribles eran los sufrimientos morales: allí estaba el gran martirio.

¡Y provenían los sufrimientos morales de que aquella noche, examinando el sano rostro dormido de Guerassim, habíase preguntado si, en efecto, toda su vida pasada, toda la vida vivida con conocimiento de causa, había sido *aquello!*

Y las ideas que antes le parecieran inadmisibles fijáronse en su cerebro: aquello podía ser cierto, podía no haber vivido como debía.

Ocurriósele la idea de que sus intentos, apenas perceptibles, de lucha contra lo que los demás hombres de alta posición consideraban lícito, que aquellos intentos de que en seguida se desembarazaba, podían ser la única cosa buena en la vida; que lo demás era lo que no debía ser.

Y su carrera, y el modo como arreglara su existencia, y su familia y los intereses de la sociedad y del servicio, todo podía no ser lo que decía. Trató de defender aquellas cosas ante sí mismo; pero bruscamente sintió la inestabilidad de lo que defendía. Y nada le quedó que defender.

—Si verdaderamente es así —se dijo—, si abandono la vida, la conciencia de que eché a perder cuanto me fue dado y de que ningún medio hay para remediarlo, ¿qué significa esto?

Tumbóse boca arriba, y a continuación analizó su vida pasada de un modo diferente.

VI

Cuando por la mañana vio al lacayo, luego a su mujer, a su hija, al médico, cada movimiento de aquellas personas, cada palabra por ellos pronunciada fue una confirmación de la terrible verdad de la noche. Veíase en ellos, claramente lo notó, que nada de aquello era lo que debía ser, que todo resultaba horrible, una mentira enorme que velaba vida y muerte. Tal sensación decuplaba sus fuerzas físicas.

Gemía, se agitaba, pellizcaba nerviosamente su ropa. Le parecía que las personas le ahogaban; detestaba a todo el que entraba en su aposento.

Se le administró una fuerte dosis de morfina; quedó extraño a todo; mas, en el momento de ir a comer, todo volvió a empezar. Despedía a todo el mundo, se agitaba y cambiaba continuamente de sitio. Su mujer entró en su cuarto a decirle:

—Iván, amigo mío, hazlo por mí. Esto no puede causarte mal. Por el contrario, suele tranquilizar. No es nada. Las personas más llenas de salud hacen esto...

—¿Qué? ¿Comulgar? ¿Para qué? ¡No hace falta! Sin embargo.... Se echó a llorar.

¿Sí, amigo mío? Haré que venga el nuestro. ¡Es tan amable!... Presente el sacerdote se tornó un poco más tierno, sintióse como menos invadido por las dudas, menos dolorido, de consiguiente.

Pensó de nuevo en el *coecum* y en la posibilidad de un arreglo. Comulgó con lágrimas en los ojos. Cuando, después de la comunión se le acostó, sintióse algo mejor, volvió a esperar que viviría. Comenzó a pensar en la operación que se le había propuesto.

—¡Vivir!..., ¡vivir!... ¡Quiero vivir! —se decía.

Su mujer fue a felicitarle; díjole las cosas que se dicen en tales circunstancias, y agregó:

—¿Verdad... que estás mejor?

—Sí —respondió él sin mirarla.

Su tocado, la expresión de su rostro, el sonido de su voz, todo le dijo lo mismo:

"¡No es esto! Todo lo que te ha mantenido y te mantiene en la existencia es mentira, engaño que te oculta la vida y la muerte."

Y en cuanto pensó esto despertó el odio, y con él los terribles sufrimientos y la conciencia de una muerte próxima e inevitable.

Algo nuevo se produjo; sintió como punzadas que le oprimían la respiración. Su expresión cuando dijo "sí" fue terrible, y después de murmurar aquel "sí", con una rapidez en contradicción con su debilidad volvióse de espalda y gritó:

—¡Idos! ¡Idos! ¡Dejadme!

A partir de tal momento comenzaron esas continuas crisis que no pueden oírse sin terror, ni aun a través de dos aposentos.

En el instante en que respondiera a su mujer comprendió que estaba perdido, que para él no había salvación; que había llegado el fin, el verdadero fin, y que la duda no estaba aclarada, que la duda quedaba en el estado de duda.

Comenzó a gritar:

—¡No quiero!

Y arrastró la última vocal.

—O-o-o-o.

Aquellos tres días, en los que la noción del tiempo no existía ya para él, Iván Ílich luchó para no ser introducido en el saco negro en que le metía una fuerza invisible, irresistible. Luchaba como el condenado a muerte lucha entre las manos del verdugo: comprendiendo que no se salvaría. A cada minuto transcurrido sentía que, no obstante los esfuerzos de lucha, aproximábase más cada vez a lo que tanto le horrorizaba. Sentía que sus sufrimientos consistían en que le introducían en aquel negro agujero y en que no podían meterle por completo.

Lo que le impedía entrar era la afirmación de que su pasada vida era buena.

Tal justificación de su vida hacíale engancharse y no le dejaba avanzar, causándole más dolor que todos los demás pensamientos. Súbitamente, una fuerza invisible le golpeó en el pecho, en el costado, detuvo su respiración. Cayó en el agujero, y al final de aquel agujero apareció la luz.

Ocurrió en él lo que ocurre cuando se está en un coche del tren: uno cree avanzar, mientras que se retrocede, y bruscamente se advierte la verdadera dirección.

—Sí, todo no era lo que debía ser —se decía—. Pero esto no es nada. Se puede, se puede hacer esto... ¿Cómo esto? —se preguntaba.

Y de pronto se calmó.

Era el fin del tercer día, dos horas antes de morir. En aquel momento el pequeño colegial, introduciéndose sin ruido en el aposento, se acercó a su padre. El moribundo siempre gritaba desesperado, y agitaba siempre los brazos: su mano cayó sobre la cabeza del niño, que se la cogió y lloró.

Era aquel el instante en que Iván Ílich se internaba en el saco, veía la luz, sabía que su vida no era lo que debiera, pero que aún había medio de arreglarlo todo. Se preguntaba:

—¿Cómo *eso*?

Y callaba al oír la pregunta.

Sintió que alguien besaba su mano. Abrió los ojos y vio a su hijo. Se apiadó de él.

Se le acercó su esposa. También la conoció. Ella, con la boca abierta, la nariz y las mejillas húmedas por las lágrimas, le miraba terriblemente desesperada. La compadeció.

—Sí, los martirizo —pensó—. Temen perderme, pero estarán mejor cuando muera.

Quiso decirlo, mas no tenía fuerzas para ello.

—Sin embargo, ¿para qué *decirlo*? Es preciso *hacerlo* —pensaba.

Con la mirada indicó a su mujer a su hijo y balbuceó:

—¡Llévatelo!... Lo compadezco..., y también a ti...

Quiso agregar "perdona", mas dijo otra palabra; y, no teniendo fuerza para enmendarla, gesticuló con la mano.

Y súbitamente sintió con claridad que lo que le torturaba, lo que no quería salir, salía bruscamente de sus costados.

—Tienen piedad de mí. Necesario es hacer que no sufran. Desembarazarles y desembarazarme a mí mismo de sufrimientos. ¡Cuán bueno es y cuán sencillo! —pensaba—. ¿Y el dolor? —decíase luego—. ¿Dónde ponerle? ¡Eh, dolor! ¿Dónde estás?

Y escuchó:

—Sí, helo ahí. Bueno; que el dolor continúe.

—¡Eh, muerte!, ¿dónde estás?

Buscó el terror habitual que le inspiraba la muerte, y no le halló.

—¿Dónde estás? ¿Qué es la muerte?

No sentía terror ninguno. De consiguiente, la muerte no existía. En lugar de la muerte había la luz.

—¡Ah, luego esto es así! —dijo en voz alta—. ¡Qué alegría!

Pasó aquello en un segundo, y el significado de aquel momento no cambió. Mas, para los asistentes, su agonía había durado un par de horas.

En su pecho agitábase algo, y su aniquilado cuerpo era presa de sobresaltos. La agitación y los estertores se hicieron luego más raros.

—Esto ha concluido —murmuró alguien detrás de él.

Oyendo aquellas palabras se dijo interiormente:

—La muerte ha concluido.

Aspiró el aire cálido, se detuvo en mitad de la aspiración, se estiró y murió.

Índice

Prólogo 5

La muerte de Iván Ílich 11

Otros títulos del fondo editorial

••••••••••••••••••••••••••••••••••••

═══ NUEVA COLECCIÓN LITERARIA ═══

- las ALMAS MUERTAS. N. Gogol.
- ANTÍGONA. Sófocles
- los BANDIDOS DE RÍO FRÍO. Manuel Payno
- el CASTILLO. Franz Kafka
- la CONFUSIÓN DE LA JUVENTUD. S. Zweig
- el CONDE DE MONTECRISTO. A. Dumás.
- CUENTOS. Anton Chéjov.
- CUENTOS. Franz Kafka.
- DISCURSO DEL MÉTODO. R. Descartes
- EDIPO REY. Sófocles.
- FAUSTO. W. Goethe.
- las MIL Y UNA NOCHES. Anónimo
- MEMORIAS DE MIS TIEMPOS. Guillermo Prieto.
- los MISERABLES. Víctor Hugo.
- OTELO. W. Shakespeare.
- SINUHÉ EL EGIPCIO. M. Waltarí.

═══ GRANDES DE LA LITERATURA UNIVERSAL ═══

- el ANTICRISTO. Federico Nietzsche.
- DEMIAN. Hermann Hesse.
- el FANTASMA DE CANTERVILLE y otros cuentos. Oscar Wilde.
- las FLORES DEL MAL. Carlos Baudelaire.
- la METAMORFOSIS y CARTA AL PADRE. Franz Kafka.
- el PRINCIPITO, el PRÍNCIPE FELIZ y otros cuentos. Antoine de Saint— Exúpery / Oscar Wilde.
- SIDDHARTA y CUENTOS. Hermann Hesse.
- UN MUNDO FELIZ. A. Huxley.
- LOBO ESTEPARIO y POEMAS. Hermann Hesse.
- NARRACIONES EXTRAORDINARIAS. Edgar Allan Poe.
- POEMAS DE AMOR. Antología Universal.
- POESÍA AMOROSA MEXICANA. Antología de todos los tiempos

Otros títulos del fondo editorial

COLECCIÓN LITERARIA UNIVERSAL

- el AMANTE DE LADY CHATTERLY. D. H. Lawrence.
- AMÉRICA. Franz Kafka.
- EL ARTE DE AMAR. Ovidio.
- las AVENTURAS DE ARTHUR GORDON PYM. Edgar Allan Poe.
- AZUL. Rubén Darío.
- BOLA DE SEBO y 22 CUENTOS COMPLETOS. G. de Maupassant.
- la CALANDRIA. Rafael Delgado.
- el CAPITÁN VENENO. Pedro Antonio de Alarcón.
- CARTA AL PADRE. Franz Kafka.
- CARTAS DE RELACIÓN. Hernán Cortés.
- la CARTUJA DE PARMA. Stendhal.
- CLEMENCIA. Ignacio M. Altamirano.
- CONDE LUCANOR. Don Juan Manuel.
- CRIMEN Y CASTIGO. F. M. Dostoievsky.
- CUENTOS. Oscar Wilde.
- CUENTOS. Horacio Quiroga.
- CUENTOS. Rabindranath Tagore.
- CUENTOS DE AMOR, LOCURA Y MUERTE. Horacio Quiroga.
- CUENTOS DEL GENERAL. Riva Palacios.
- CUMBRES BORRASCOSAS. Emily Bronte.
- el DECAMERÓN. Bocaccio.
- DIÁLOGOS. Platón.
- DIARIO DE ANA FRANK.
- DIEZ DÍAS QUE CONMOVIERON AL MUNDO. John Reed.
- la DIVINA COMEDIA. Dante Alighieri.
- DON QUIJOTE DE LA MANCHA. M. de Cervantes Saavedra.
- DON SEGUNDO DE SOMBRA. R. Güiraldes.
- DOÑA BÁRBARA. Rómulo Gallegos.
- DOÑA PERFECTA. B. Pérez Galdós.
- la EDAD DE ORO. José Martí.
- EMILIO. J. J. Rousseau.
- la ENEIDA. Virgilio.
- FRANKENSTEIN. Mary W. Shelley.
- HACE FALTA UN MUCHACHO. A. Cuyás.
- HISTORIA DE LA VIDA DEL BUSCÓN. F. Quevedo.
- la ILIADA. Homero.
- JUANITA LA LARGA. Juan Valera.

Otros títulos del fondo editorial

- el JUGADOR. F. Dostoievsky.
- LAZARILLO DE TORMES. Anónimo.
- LIBRO DE BUEN AMOR. Arcipreste de Hita.
- el LLAMADO DE LA SELVA. Jack London.
- MADAME BOVARY. Gustave Flaubert.
- la MADRE. Máximo Gorki.
- MARÍA. Jorge Issacs.
- MARIANELA. Benito Pérez Galdós.
- MARTÍN FIERRO. J. Hernández.
- la METAMORFOSIS. Franz Kafka.
- MÉXICO BÁRBARO. John Kenneth Turner.
- MÉXICO INSURGENTE. John Reed.
- MONJA Y CASADA, VIRGEN Y MÁRTIR. V. Riva Palacio.
- la MURALLA CHINA. Franz Kafka.
- NANÁ. Emilio Zolá.
- NARRACIONES EXTRAORDINARIAS. Edgar Allan Poe.
- NAVIDAD EN LAS MONTAÑAS. I. M. Altamirano.
- NOVELAS EJEMPLARES. M. de Cervantes Saavedra.
- la ODISEA. Homero.
- los PAZOS DE ULLOA. Emilia Pardo Bazán.
- PEPITA JIMÉNEZ. Juan Valera.
- la PERFECTA CASADA. Fray Luis de León.
- el PERIQUILLO SARNIENTO. Fernández de Lizardi.
- POEMA DEL MIO CID (español antiguo y moderno, en verso). Anónimo.
- el POPOL VUH.
- ¿POR QUIÉN DOBLAN LAS CAMPANAS? E. Hemingway.
- el PROCESO. Franz Kafka.
- QUO VADIS. E. Sienkiewicz.
- el RAMAYANA. Valmiki.
- el RETRATO DE DORIAN GRAY. Oscar Wilde.
- el RETRATO DEL ARTISTA ADOLESCENTE. James Joyce.
- RIMAS Y LEYENDAS. Gustavo A. Bécquer.
- ROJO Y NEGRO. Stendhal.
- RUBAIYAT. Omar Khayyam
- el SATIRICÓN. Cayo Petronio.
- el SOMBRERO DE TRES PICOS. Pedro Antonio de Alarcón.
- la TÍA TULA. M. de Unamuno.
- TRAFALGAR. B. Pérez Galdós.
- UN MUNDO FELIZ. A. Huxley.
- el VIEJO Y EL MAR. E. Hemingway.
- 24 HORAS EN LA VIDA DE UNA MUJER. Stefan Zweig.

Otros títulos del fondo editorial

- el VIEJO Y EL MAR. E. Hemingway.
- la VORÁGINE. E. Rivera.
- el ZARCO. I, M. Altamirano.

FEDERICO NIETZSCHE

- el ANTICRISTO.
- ASÍ HABLABA ZARATUSTRA.
- AURORA.
- el CREPÚSCULO DE LOS ÍDOLOS.
- ECCE HOMO.
- la GAYA CIENCIA.
- HUMANO DEMASIADO HUMANO.
- MÁS ALLÁ DEL BIEN Y DEL MAL.
- OPINIONES Y SENTENCIAS DIVERSAS.
- el VIAJERO Y SU SOMBRA.

POESÍA

- ÁLBUM DE ORO DEL DECLAMADOR UNIVERSAL. Antología.
- ALFONSINA STORNI. Poesías.
- ANTOLOGÍA DE LA POESÍA LATINOAMERICANA.
- ANTOLOGÍA DE LA POESÍA AMOROSA.
- ANTOLOGÍA DE LA POESÍA AMOROSA MEXICANA de *Todos los Tiempos*.
- ANTOLOGÍA DE LA POESÍA ERÓTICA.
- ANTOLOGÍA DEL TANGO. Julio del Valle.
- ANTONIO MACHADO. Poesías.
- CANTOS DE VIDA Y ESPERANZA. Rubén Darío.
- CIEN POESÍAS SELECTAS. Antología.
- COPLAS A LA MUERTE DE SU PADRE y otros poemas. Jorge Manrique.
- DECLAMADOR SIN MAESTRO.
- F. GARCÍA LORCA. Selección poética.
- GABRIELA MISTRAL. Poesías.
- GARCILASO DE LA VEGA. Poesías completas.
- GÉORGICAS Y BUCÓLICAS. Virgilio.
- HUELLAS DE DOLOR Y ESPERANZA (Antología de P. Neruda, N. Guillén y L. Felipe).
- JUANA DE IBARBOUROU. Poesías.

Otros títulos del fondo editorial

- LAS CIEN MEJORES POESÍAS LÍRICAS DE LA LENGUA CASTELLANA. M. Menéndez y Pelayo.
- LIBRO DE POEMAS Y CANCIONES. POEMA DEL CANTE JONDO. F. García Lorca.
- MIGUEL HERNÁNDEZ. Poesías.
- NICOLÁS GUILLÉN. Poesías.
- la NUEVA POESÍA LATINOAMERICANA. Jorge Boccanera.
- ODAS Y SÁTIRAS. Horacio.
- PALABRA DE MUJER (Antología). Jorge Boccanera.
- POEMAS DE AMOR (Antología).
- POESÍA CONTEMPORÁNEA DE AMÉRICA LATINA (Antología).
- POESÍA TESTIMONIAL LATINOAMERICANA. Saúl Ibargoyen / Jorge Boccanera.
- POESÍAS COMPLETAS. Antonio Machado.
- POESÍAS COMPLETAS. García Lorca.
- POESÍAS DE MÉXICO Y EL MUNDO. Compilación de Erasmo Nañez.
- POESÍAS DE RUBÉN DARÍO.
- POESÍAS RECITABLES Y FÁBULAS PARA NIÑOS (Antología).
- el POETA Y LA MUERTE (Antología). Jorge Boccanera.
- RIMAS. Poemas de amor. Gustavo A. Bécquer.
- RIMAS, NARRACIONES Y LEYENDAS. Gustavo A. Bécquer.
- ROMANCERO GITANO. Oda a Salvador Dalí. Poeta en Nueva York. García Lorca.
- RUBÉN DARÍO. Selección poética.
- SONETOS Y REDONDILLAS. Sor Juana Inés de la Cruz.
- TESORO DEL DECLAMADOR UNIVERSAL.
- TRES GRANDES DE LA POESÍA ESPAÑOLA. Lorca, Machado y Juan Ramón Jiménez.
- TRES POETAS. Lorca, M. Hernández y Neruda.
- TRES POETISAS. Storni, Mistral e Ibarbourou.
- 20 POEMAS DE AMOR Y UNA CANCIÓN DESESPERADA. Pablo Neruda.

POETAS MEXICANOS

- ÁLBUM DEL CORAZÓN.
- AMADO NERVO. Antología poética.
- del ARRABAL. C. Rivas Larrauri.
- CIEN POETAS MEXICANOS.
- JUAN DE DIOS PEZA. Poesías.
- MANUEL ACUÑA. Poesías escogidas.
- MANUEL GUTIÉRREZ NÁJERA. Poesías.
- NUEVO DECLAMADOR MEXICANO.
- PLENITUD, PERLAS NEGRAS, MÍSTICAS, LAS VOCES. Amado Nervo.
- POESÍAS PATRIÓTICAS MEXICANAS.

Otros títulos del fondo editorial

- RAMÓN LÓPEZ VELARDE. Poesías.
- SALVADOR DÍAZ MIRÓN. Poesías.
- SOR JUANA I. DE LA CRUZ. Poesías.
- VIDA Y OBRA DE SOR JUANA I. DE LA CRUZ.

HERMANN HESSE

- BAJO LA RUEDA.
- DEMIAN.
- ENSUEÑOS.
- GERTRUDE.
- JORNADAS DESDE LA TIERRA.
- KNULP.
- el LOBO ESTEPARIO.
- NOTICIAS EXTRAÑAS DE UNA NUEVA ESTRELLA.
- PETER CAMENZID.
- POEMAS.
- RELATOS.
- ROSSHALDE.
- RUTA INTERIOR.
- SIDDHARTA.
- Y SI LA GUERRA CONTINÚA.

GRIBRAN JALIL GIBRAN

- ALAS ROTAS, ESPÍRITUS REBELDES.
- JESÚS EL HIJO DEL HOMBRE, ARENA Y ESPUMA.
- el LOCO, LÁGRIMAS Y SONRISAS, LA PROCESIÓN.
- el PROFETA, LA TEMPESTAD, EL PRECURSOR, LÁZARO Y SU AMADA.
- el VAGABUNDO, LOS SECRETOS DEL CORAZÓN, LOS DIOSES DE LA TIERRA, EL JARDÍN DEL PROFETA.
- la VOZ DEL MAESTRO, NINFAS DEL VALLE, PENSAMIENTOS Y MEDITACIONES.

Otros títulos del fondo editorial

CIENCIAS SOCIALES

- el CAPITAL. Carlos Marx. (Resumen de G. Deville).
- CAZADORES DE MICROBIOS. Paul de Kruif.
- CÓMO EL HOMBRE LLEGÓ A SER GIGANTE. M. Ilin.
- CONFERENCIAS SOBRE EDUCACIÓN INFANTIL. A. Makarenko.
- CONSTITUCIÓN POLÍTICA DE LOS ESTADOS UNIDOS MEXICANOS.
- el CONTRATO SOCIAL. J. J. Rousseau.
- la CRÍTICA DEL JUICIO. Emanuel Kant.
- CURSOS DE FILOSOFÍA. G. Politzer.
- DIÁLOGOS. Platón.
- ECONOMÍA POLÍTICA. P. Nikitin.
- EDUCACIÓN Y LUCHA DE CLASES. Aníbal Ponce.
- ELOGIO DE LA LOCURA. Erasmo de Rotterdam.
- EMILIANO ZAPATA. (Vida, Pasión y Obra). Ettore Perri.
- ÉTICA NICOMAQUEA. Aristóteles.
- FUNDAMENTOS DE FILOSOFÍA. V. Afanasiev.
- los GRANDES INICIADOS. F. Shurre.
- HISTORIA VERDADERA DE LA CONQUISTA DE LA NUEVA ESPAÑA. Bernal Díaz del Castillo.
- el HOMBRE MEDIOCRE. José Ingenieros.
- la INCÓGNITA DEL HOMBRE. Alexis Carrel.
- LECCIONES PRELIMINARES DE FILOSOFÍA. M. García de Morente.
- MANIFIESTO DEL PARTIDO COMUNISTA. Carlos Marx.
- ORIGEN DE LA FAMILIA, LA PROPIEDAD PRIVADA Y EL ESTADO. Federico Engels.
- el ORIGEN DE LA VIDA. A. Oparín.
- el ORIGEN DE LAS ESPECIES. Charles Darwin.
- el ORIGEN DEL HOMBRE. Charles Darwin.
- PANCHO VILLA. LA VERDAERA HISTORIA. Etore Perri.
- la POLÍTICA. Aristóteles.
- el PRÍNCIPE. N. Maquiavelo.
- la REPÚBLICA. Platón.
- la REVOLUCIÓN MEXICANA. Ricardo Flores Magón.
- TEORÍA DEL CONOCIMIENTO. J. Hessen.

Lorenzana Tellez Impresores
Calle Narvarte # 99
Col. Metropolitana 3ra. Sección